春见

刘霞 著

北方文艺出版社

·哈尔滨·

图书在版编目（CIP）数据

春见 / 刘霞著. -- 哈尔滨 ：北方文艺出版社，
2025. 4. -- ISBN 978-7-5317-6596-7

Ⅰ. I267

中国国家版本馆 CIP 数据核字第 2025A1H252 号

春见
CHUN JIAN

作　　者 / 刘　霞

责任编辑 / 宋雪微　　　　　　　　　　装帧设计 / 雅士聚文化工作室

出版发行 / 北方文艺出版社　　　　　　邮　　编 / 150008

发行电话 / （0451）86825533　　　　　经　　销 / 新华书店

地　　址 / 哈尔滨市南岗区宣庆小区 1 号楼　网　　址 / www.bfwy.com

印　　刷 / 潍坊鑫意达印业有限公司　　开　　本 / 880mm×1230mm 1/ 32

字　　数 / 86 千　　　　　　　　　　印　　张 / 5.75

版　　次 / 2025 年 4 月 第 1 版　　　　印　　次 / 2025 年 4 月第 1 次印刷

书　　号 / ISBN 978-7-5317-6596-7　　定　　价 / 48.00 元

唯有真善最动人心（代序）

胡培玉

车尔尼雪夫斯基在其论《艺术与现实的审美关系》中，探索了艺术的本质与生活的关系，提出了"美即生活"的现实主义美学观，强调了美与生活的紧密联系，认为任何事物，只要它们显示出生活或使我们想起生活，那就是美的。

这本散文集的作者刘霞，就是一个善于发现生活之美的人。综观作者所集的散文，可以用一个字来概括，那就是"爱"！她爱生活、爱自然、爱所有的人，也正因为有爱，让她在平凡的工作岗位上发现了如此之多的美。爱从何来？我们不难从她的散文集中读出一些端倪。这恰巧应了智者所总结出的人生三大幸事：一是出生在一个好的家庭，二是上学时有一个好老师，三是工作中有一个好领导。这三者，她全都占尽。她用饱蘸深情的笔写下了这些爱。《雨中飘荡的回忆》中：那时正值盛夏的一个暴雨夜，屋外电闪雷鸣、大雨倾盆，父亲毫不犹豫地穿上雨披，不顾母亲的反对，一头就冲进了大雨里。待父亲从军人服务社买回来橘子罐头的时候，浑身上下就像从水里捞出来似的，雨水顺着裤腿儿在父亲站着的地方流成了两条小溪。母亲心疼地责怪父亲："你就不能等雨停了再去买！""那不行，我闺女等不了。"舐犊情深跃然纸上。《我的小学老师》中：张老师独具慧眼，发现了我的写作潜质。从那以后，她便利用课余时间给我"开小灶"，鼓励我多读书、读好书，开阔自己的视野，她时不时带几本文学书籍给我读，书店里有了好书也推荐给我。每次上作文课，写完作文交上去后，我都期待……将作文本拿到手里，我先看张老师的红笔批注，那些肯定和鼓励的话，让我惊喜不已。是张老师在她幼小的心灵中，种下了文学的种子。《良师》中：在去北京的路上，丁总就像一位贴心的家人，一直细心照料着我的父亲，他随时查看我父亲的状态，不时为父亲调整一下靠枕，脸上始终带着温和的笑容，轻声安慰着我们："没事，会好起来的。"写出了在我们危难之时丁总的真情实意，文中还写了丁总对她的培养和关爱，遇到这么一个像家兄、家父的好领导，看了让人动容。在她身边的这些人，无论是家人、老师还是领导，都有一个共同的特点，就是"老吾老，以及人之老；幼吾幼，以及人之幼"。正因为她从小到大，耳濡目染着这些爱，才使她也有一颗懂爱的心。她经常鞭策自己，"人要常怀感恩之心，常念行善之事"。在《温暖之光》中，她用真实的笔触记录了得了尿毒症的张足光在困境中自强不息的事迹，也协调多方力量帮助张足光一家。那是一种想人所想、急人所急，无微不至的爱。她帮着他治病，帮着他寻找生活来源。帮助别人，不遗余力，就像对待自己的家人一样。这样的好事她做了好多好多，可是她却绝口不提。据我了解，诸城市文学圈里的朋友，不论谁有困难，只要让她知道，她都会伸出手来拉一把；无论是谁出了书，她都会买一部分送人。

当刘霞把自己这本沉甸甸的书稿交到我手上，让我为其作序时，我先是大吃一惊，惊的是她在百忙之中，在短短的一两年内，就能写出一本散文集，让我肃然起敬。虽然自己才疏学浅，难以胜任这份责任，可我还是斗胆答应下来。她有些羞涩地对我说："我水平有限，只是个爱好。"当我认真地读完全书后，我被书中所描写的人和事深深地打动。唯有真善最动人心！文笔尽管青涩，却格外可爱。因为她不卖弄，不装腔作势，不要花架子，而是扑下身子，实实在在地写了生活中的真事、善事、美的事。其艺术性也足以打动读者的心，让读者在读完每一篇时都会掩卷长思。美的作品往往能够使读者在感官上得到享受，同时也能引发深层次的思考和感悟。在当今物欲横流、人情冷漠的时代，它就像一道温暖的光，足以温暖我，也温暖你。它会照亮我们前行的路，教会我们如何做人、如何做事。

《茉莉花开》是小切口、大主题，看上去是小资情调，其实是家国情怀。父亲到达云南边境后，老家的爷爷收到了邮局送来的茉莉花茶。爷爷颤抖着打开包裹，那双大手几度迟疑，当爷爷闻着茉莉花茶的香，茶香又飘满了村庄时，他仰起头，忍下了就要冲出眼眶的泪水，喃喃地对家人说："好男儿当保家卫国，我的儿子是好样的，我不哭！"一个"我不哭"却有着撕心裂肺般的疼！《小脚姥姥》，小脚板，却是大智慧。尤其对待婚姻大事上。待媒人走后，姥姥一板一眼地给母亲讲道理："闺女啊，嫁汉嫁汉，穿衣吃饭。你打小在家没吃过苦，虽说日子艰难，可咱家从来没让你受过委屈，以后嫁到婆家就难说了。我看这小伙子心眼好，人实诚，又在部队里锻炼了这么多年，肯定会好好待你，你好好想想吧。"母亲认真地想了三天，点头同意了这门亲事。读到这里，你仿佛看到一个善良而又充满智慧的小脚老太正笑盈盈地向你走来。还有什么比这些描写更能打动人心？在选材上，作者也是颇费脑筋的。在写《良师》时，丁总在诸城可谓是有名的大能人和大善人。在写他的工作严谨细致时，只用了一块抹布、一些地砖，可谓是以小见大，四两拨千斤。抹布要不干不湿，才好用；地砖要一样厚薄，才合格。作者在写法上也是不落俗套，花样百出。九点半的时候，我正准备下班，刚离开办公室没几分钟的丁总又急急忙忙地回来了，对我说"快快快，赶快准备好五千块钱"……提着一个很重的大袋子，另一只手里提着一个装满了水的大瓶子从办公室出来了，向我挥了挥手，示意我跟他一起下楼。这地方有小说味道，还留了悬念，埋了伏笔。等她下楼一看，原来楼下有一对残疾父女。袋子里装的食物，大瓶子里的水，以及信封中的五千块钱，都是为这对残疾父女准备的。尤其是那瓶水。丁总说："这水我兑得不冷不热，正好喝，赶快喝点暖暖身子。"这正是细节中的细节。

在这里我特别指出的是散文《太阳花的味道》，作者没有用第一人称，而是虚拟了一个人物，这个人物自然有她的影子——一个不谙世事人情的小姑娘。把散文当小说来写，这当然不是她的独创，可是作为初登文学殿堂的她，这个大胆的尝试，确实值得佩服，也值得学习。

当然，这是作者的第一本散文集，在各个方面都还有待提高，如在布局谋篇上还可再巧一些，使起承转合如羚羊挂角，无迹可寻；在材料的取舍上，要选择最能打动读者的部分，抓住重点，把力用在最需要用力的地方。写作者一个最基本，也是最难迈过去的坎，就是语言。借用教科书上的话来说，语言是文学的艺术。写好语言的不二法门，就是不断地读，不断地写，不断地锤炼，不断地琢磨。在细节上，要充分发挥女性作者心理上所独具的感知和感受，做到疏可跑马，又密不透风。

诸城市是人杰地灵之地，文宗师伯层出不穷，历史上有做五弦琴、制《南风歌》的舜帝，懂鸟语的公冶长，画《清明上河图》的张择端，金石学家赵明诚，"浓墨宰相"刘墉；现当代则有作家王统照和王希坚，曲艺家陶钝，诗人臧克家，以及写《李慧娘》的孟超……"桐花万里丹山路，雏凤清于老凤声。""不积跬步，无以至千里。"相信，凭着刘霞的热爱、聪慧好学和执着，在不远的将来，一定会写出更加好看的散文。

是为序。

（胡培玉，中国作家协会会员。）

目　录

第一章 太阳花的味道

茉莉花开

窗外夜色渐浓，我在键盘上敲完最后一个字，完成一天的工作，耸一耸紧绷的肩膀，起身向夜幕笼罩的院子走去。

时值初秋，刚下过两场雨，送走了往日的燥热，清凉的晚风拂面，不禁让人神清气爽。我边舒展身体，边在小院子里徜徉。小院子是单位在楼顶开辟的一个小花园，虽然面积不大，却打理得十分雅致，各色花木高低错落，四时不同的景色尽收眼底，工作之余来这里走一走，不失为一种享受。

一阵清凉的微风裹挟着沁人心脾的花香，钻进我的鼻腔，我不禁循香而去，薄薄的暮色中，花草们身姿妖娆，犹如一群自由曼舞的仙子。尤其是一株开着白色花朵的盆景，引起我的注意，原来扑鼻的香气正是它散发出来的。那清丽的花朵，幽幽的香气，不由得让人心生欢喜，啊，茉莉花开了。

我喜欢茉莉花，始于童年。那时我和母亲随父亲来到福州，出生于北方小城的我，乍然来此，经常被许多不同于北方小城的新奇事物吸引，尤其是处处飘香的茉莉花。

南方人喜欢茉莉花，每年五六月份，大院里分布在各个角落里的层层簇簇的茉莉花竞相开放，那甜甜的、香香的又淡淡的香气是那么好闻，常常令我忘记了身在何处。茉莉洁白无瑕的花朵，在我眼里就像不染纤尘的仙女。见我常常流连忘返，父亲告诉我，茉莉花寓意高洁，有"君子之花"的美称，是福州的市花，福州人处处栽种，家家花香。我有幸认识茉莉花，爱上茉莉花，并从此与茉莉花结下不解之缘。

福建盛产茶叶，这里的人们又喜欢茉莉花，所以制茶师傅拿茉莉花窨制茉莉花茶，他们选上好的茉莉花放进炒好的茶叶里窨制，喝了让人唇齿留香，我们全家都喜欢喝茉莉花茶。改革开放前，喝茶对于普通老百姓来说还是一件奢侈的事情，那时的茉莉花茶，在北方属稀罕物，普通老百姓根本买不起。每年茉莉花茶上市，父亲就会拿平时省吃俭用积攒下来的津贴去买一些茉莉花茶，邮寄回山东老家给爷爷喝。

每当收到儿子寄来的茉莉花茶，爷爷非常骄傲地与左邻右舍分享。他在大门口摆上一张小桌，把茶泡上，茉莉花香立即就流溢、飘满了整个村庄。好这一口的都来了，有的拿着凳子，有的拿着马扎，有的手里抓着砖头，爷爷乐得合不拢嘴，眉毛胡子都开了花，心里的骄傲和自豪写满了脸。

1984年7月，父亲所在的部队接到紧急通知，第二天就要开赴云南边境执行任务。正值新茶上市，出征前父亲匆匆忙忙跑去茶市给爷爷买回一大包茉莉花茶，再三嘱托母亲，在他出征后赶紧寄给爷爷！我清楚地记得，当时父亲语气凝重，他心里想，也不知道明年的新茶，他老人

家还能不能喝上……母亲没有说话，眼泪却像断了线的珠子流满了脸。

父亲到达云南边境后，老家的爷爷收到了邮局送来的茉莉花茶。爷爷颤抖着打开包裹，那双大手几度迟疑，当爷爷闻着茉莉花茶的香，茶香又飘满了村庄时，他仰起头，忍下了就要冲出眼眶的泪水，喃喃地对家人说："好男儿当保家卫国，我的儿子是好样的，我不哭！"

又到了茉莉花茶上市的时候，父亲出征归来了，那天天空明朗得像是洗过一样，茉莉花散发着甜甜的香味，尽展花姿在迎接凯旋的将士们。我和母亲站在大院门口迎接父亲回家。

父亲未等脱下戎装，马上跑到茶市去给爷爷买茉莉花茶。打包好后，又写了一封很长的家书夹在里边，"您老人家喜欢的茶，儿子管一辈子"。一个远在南方军营，一个远在北方小城，一份浓浓的父子情，却如满满流溢的茉莉花香，在我心里扎下了根。

世事变迁，几十年稍纵即逝，当初那个热爱茉莉花的小姑娘已经长大，温馨的大院生活已成过去，欢乐的童年时代和淡淡的茉莉花香永远留在了记忆里。如今，爷爷和父亲也离开了我们，遥远的福州留给我的是始终不变的对茉莉花的喜爱。

良　师

1992年9月，我高中毕业，经学校推荐，成为诸城市百盛商场的一名营业员。那时的百盛商场，营业面积虽然不大，可是它的装修典雅时尚，有一股大城市商场的范儿，其经济效益在全市的商贸行业里也名列前茅。能迈进百盛的大门工作，在当时不知让多少人艳羡。

我被安排在商场的化妆品区。上班的第一天，我早早地来到商场，柜组主任带着我熟悉整个商场的布局。化妆品区摆满了瓶瓶罐罐，散发着诱人的香气，服装区则充满时尚潮流气息，然后是精致的家居用品区，每一个区域都似有独特的魔法，散发着迷人的魅力。

我暗暗下定决心，一定拿出十二分的热情和平时所学的专业知识，服务好每一位顾客。我的出色表现，迅速引起了楼层经理和总经理丁洪亮的关注。每次商场开会的时候，丁总会安排我来活跃会前的气氛，或是领着大家唱歌，或是表演个小节目。公司开展技能竞赛之类的活动时，也放心地让我担任主持。

有一次，我负责主持一场大型促销活动，却遇到了极为棘手的状况。现场的音响设备突然"罢工"，发出嘈杂的电流声，我当时紧张得汗水顺着脸往下淌。正当我手足无措之际，丁总来了，他不慌不忙地把麦克风挪了一下位置，"啸音"立刻停止了。他笑着走到我身边说："别慌，这种突发情况是对我们应变能力的考验。你现在要做的就是安抚好顾客的情绪。"我赶忙按照他的建议，拿起麦克风，声音尽量平稳地向顾客解释情况并诚恳地表示歉意，同时还临时推出了一些妙趣横生的互动环节，就像变魔术一样成功转移了顾客的注意力。散去的人们又一波波地回来了，这次促销活动因为丁总的加入，促销效果出奇地好。

"卫生无小事。"这是我入职百盛商场后，从丁总口中听到最多的话。丁总对商场卫生的要求细致入微，每次卫生大检查，他必定亲自到场督查。

记得我初次经历卫生检查的场景。那天，整个商场从地面到柜台再到每一件商品，都被营业员们精心打理得一尘不染。丁总微笑着过来了，他来到我负责的柜台时，我的心脏怦怦地跳着，内心既有忐忑也有期待。丁总的目光扫过柜台和货架后，他径直走向柜台中间的小仓库。小仓库里的物品虽然繁多，但也被我收拾得井井有条。只见丁总走到脸盆架前，慢慢地伸手拿起了脸盆架上的脸盆，轻轻地把脸盆翻了过来，脏兮兮的脸盆底一下子呈现在眼前，我的脸唰地就红了。

丁总微微皱起了眉头，表情变得严肃起来，他慢慢地说道："收拾卫生一定要彻底，表面的卫生只需一眼扫过，就能判断个大概。像脸盆底这样看不见的地方，却容易被大家忽略，这恰恰是最能反映卫生工作是否做到家的地方。打扫卫生的重点在大家看不到的地方，角落里也干净的话，别的地方肯定没的说……"听到这里，我的脸像被火灼烧一般，心中满是羞愧，恨不得找个地缝儿钻进去。

丁总说完又环顾了一下仓库，目光落在了抹布上。他拿起来一边看一边说："还有这些抹布，擦拭不同的地方，应当使用不同的抹布，绝不能一块抹布'擦天下'。而且，抹布洗干净之后，晾晒到不干不湿的程度，使用起来效果才是最好的。"

这一次的卫生检查，如同一场深刻的教育课，让我对卫生工作有了全新的认识。从那以后，我时刻牢记丁总的话，用心对待每一个卫生细节。渐渐地，我负责的卫生区域成了丁总常常称赞的"免检单位"。

2010年夏天，天气特别闷热，大地如同被置于一个巨大的蒸笼之中，大华超市全体人员正热火朝天地为开业进行最后的紧张备战。店门前的广场刚刚整修出来，等着铺设方砖。建设方把一摞摞方砖分散在广场上。这时，丁总来了，他穿着朴素的老头衫、短裤，快步走在广场上，眼神扫过一堆堆方砖，本欲转身离开，却突然停下了脚步。他缓缓地转回身，从就近的方砖堆里拿起一块方砖端详，接着又拿起一块比量着，他越对比越仔细，眉头不由地皱了起来，原来这些方砖很多都厚薄不一。

丁总立刻吩咐，把施工经理叫到跟前。在丁总严厉的质问下，施工经理支支吾吾地解释，原来是采购方砖时贪图便宜，导致方砖的质量良莠不齐。这可怎么办好？这么热的天，施工人员都在广场上等着开工干活，开业的日子也马上就到了，重新更换方砖，时间肯定来不及……丁总沉思片刻，当即决定亲自挑选方砖。他找来一个马扎坐下，开始一块一块地认真挑选。阳光越发炽热，汗水很快湿透了他的衣服，他的双手却没有片刻停歇，每一块经过他挑选的地砖都整齐地摆放在他身后。工人们看着丁总认真的样子，心中充满敬佩，纷纷围拢过来搬运挑选好的方砖，开始认认真真地铺设广场。丁总毫不在意烈日炙烤，随着时间一分一秒过去，终于挑选出足够数量的合格方砖，他站起身来，拍拍身上的灰尘，才微笑着点了点头。

别看丁总平时很慈祥，对待工作上的事情却十分严厉。2004年的一天，丁总在办公室接到一位顾客的投诉电话，反映超市售卖的炸鸡腿咬开后有血丝，明显是没有炸熟。丁总一向视商品质量为生命，他接连召开三次会议，组织全员职工就"如何把关商品质量"做专题讨论。包括我在内的各级负责人都在会上做出了深刻检讨，还让我带着超市经理、店长上门向顾客道歉，并按照公司制定的"四项服务承诺"进行了赔偿。最终，因为一条售卖13.8元的炸鸡腿，各级相关责任人总计被罚款5000元，以示惩戒。

我分管公司商品质量相关工作，当时心里感觉特别委屈，丁总看出了我的情绪，他把我叫到办公室，语重心长地对我说："我们从事的是关乎百姓生活的事业，商品质量和食品安全就是我们的命脉，一个炸鸡腿看似是件小事，如果不严肃处理，那明天就可能出大问题！处罚不是目的，目的是引起大家高度重视。"

听完丁总的话，我明白了他的良苦用心。他的严厉并非针对某一个人，而是为了整个公司的长远发展。自从炸鸡腿事件之后，商品质量引起了公司上下前所未有的重视。日常的工作流程中，每一位员工严格把控商品的采购、储存和制作销售环节，顾客的满意度和赞誉度也越来越高。

在诸城市，许多人都尊称丁总为"丁大善人"。跟随丁总工作的三十多年里，我亲身经历和感受了不少丁总的善举。记得那是一个滴水成冰的寒冬之夜，我在办公室值班。

九点半的时候，我正准备下班，刚离开办公室没几分钟的丁总又急急忙忙地回来了，对我说"快快快，赶快准备好五千块钱"，说罢就回到自己的办公室里。我刚把钱准备好，丁总一只手提着一个很重的大袋子，另一只手里提着一个装满了水的大瓶子从办公室出来了，向我挥了挥手，示意我跟他一起下楼。我一头雾水地跟着他来到商场楼前，原来有一对乞讨的父女在那里，年迈的父亲双腿残疾，跪在冰冷的地上，年轻的女儿双眼失明，头发凌乱地靠在父亲旁边。丁总轻轻走过去蹲下身来，把那袋吃的食物和大瓶水递到老人手中，嘱咐说："这水我兑得不冷不热，正好喝，赶快喝点暖暖身子。"又把装钱的信封放进女孩背的双肩包里，仔细地拉好拉锁，"这里面有五千元钱，够你们父女俩生活一阵子的，大冷天快回家吧，别冻坏了身子。"父女俩千恩万谢，嘴里嗫嚅着："好人啊，好人啊！"

这样的事情可谓不胜枚举。在生活中，无论是公司的员工，还是社会上的普通老百姓，只要有人遇到困难找到丁总，他必定毫不犹豫地伸出援手。汶川地震援助、乡村修路架桥、贫困大学生救助、希望小屋建设，都有他积极参与的身影。

2005年3月的一天，一向健康的父亲突然检查出了肺癌，这个噩耗就像晴天霹雳，瞬间把我平静的生活劈得粉碎，我一下子陷入了巨大的痛苦和无助的深渊之中。

当时的我感觉整个世界都崩塌了，工作上的干劲和热情消失得无影无踪，满脑子都是父亲的病情。那几天，我心不在焉、噩梦连连，工作上接二连三出错。丁总很快就发现了我的异常，他把我叫到办公室，问我发生了什么事，我再也忍不住满腹的悲伤和无助，眼泪夺眶而出，哽咽着说出了父亲的病情。

丁总听我说完，站起身来，倒了一杯水递给我，然后拉过椅子坐在我对面，语重心长地说："我知道这对你来说是个巨大的打击，但是你要坚强起来。你是家里的老大，是全家的精神支柱，你可不能先垮了，要把这个家撑起来。"他的话使觉得生活暗无天日的我，眼前突然变得光明起来。

紧接着，丁总动用一切可以动用的社会关系，联系好北京的权威医院，又精心地安排好行程，亲自陪同我们前往北京。临行前，他一遍遍叮嘱我带好父亲的病历和住院所需的一应物品。在去北京的路上，丁总就像一位贴心的家人，一直细心照料着我的父亲，他随时查看我父亲的状态，不时为父亲调整一下靠枕，脸上始终带着温和的笑容，轻声安慰着我们："没事，会好起来的。"

到了北京的医院后，丁总马不停蹄地带着我们奔走于医院的各个科室之间，他耐心地对接好主治医生后，又详细地了解我父亲的病情和治疗方案。整整忙碌了两天后，终于安排好了一切，丁总来不及休息，又急着赶回诸城市，处理公司的工作。

那是一个灰蒙蒙的清晨，天空像一块沉重的铅板，沉甸甸地压在城市的上空。路边的树木光秃秃的，枝丫在冷风中瑟瑟发抖，北风呼呼地刮着，无情地穿透衣物，直往人的骨头缝里钻，就如同我心中对未来的恐惧和不安，怎么也驱赶不走。

我送丁总下楼打出租车前往机场，他看上去很是疲惫，眼圈发黑，两鬓的头发更加苍白了，整个人也消瘦了许多。看到他这副模样，我的眼眶瞬间盈满泪水，喉咙好像被一团棉花堵住了，千言万语只化作了一句话："丁总，谢谢您，真的谢谢您。"丁总微笑着，轻轻拍了拍我的肩膀说："好好照顾你的父亲，有什么困难随时跟我说。"

望着丁总乘坐的出租车渐渐远去，我的眼泪夺眶而出。丁总，您不但是我工作上的良师，更是我生活中的恩人。

太阳花的味道

冰超特别痴迷养"马种菜"花，对此，我一直百思不得其解。

"马种菜"学名"马齿苋"，在我眼里就是毫不起眼的野花，但是在冰超嘴里却有"太阳花"或"小牡丹"这些富有诗意的名字，有时我们在她面前故意叫错了逗她，她马上不高兴了，好像亵渎了她心中高贵的女神一样。

一个夏日夜晚，恰逢我和冰超一起值班。忙碌过后，我们闲聊起来，终于揭开了她钟爱"太阳花"的谜底。

冰超从小在农村长大，她不但聪明伶俐，而且活泼可爱，嘴巴甜，人也勤快，博得村里男女老少的喜爱。每天放学后，冰超都会挎上竹篮，拿上小镰刀，一路喊着"叔叔好""婶子好""爷爷奶奶好"，蹦蹦跳跳地奔向村后的树林，那里有鲜嫩的青草，这是兔子最喜欢的食物。母亲说，兔子养肥了可以换钱，给冰超买学习用品，过年买新衣服，当然，还可以补贴家用。

在冰超割草的必经之地，有一户人家，平日里总是大门紧闭，听说里面住着一个苦命的寡妇，刚嫁过来没多久丈夫就去世了。

有一天，冰超经过这户人家时，在好奇心驱使下，忍不住趴在门缝边使劲往里看，透过狭窄的门缝，映入她眼帘的竟然是一片姹紫嫣红的花世界！天底下怎么会有这么多美丽的花

儿啊！冰超长这么大，还从来没见过同一种花开得如此缤纷绚丽！她不由自主地推开门走了进去。

干干净净的院子里，左右各有一个花圃，整整齐齐地栽满了花儿，此时此刻正开得鲜艳，红的像火、白的胜雪、黄的似金、粉的如霞……冰超仿佛闯进了一个幻梦世界，她惊奇地屏住呼吸，张大嘴巴一动也不敢动，生怕自己一个微小的动作惊扰了眼前的一切。

"你是谁呀？"一个温柔的声音，把冰超从梦幻中惊醒。不知什么时候，身后站了一个漂亮的中年女人。月白色的斜襟小褂配着青色的裤子，白皙的脸庞，发髻整齐地挽在脑后，额前没有一丝乱发，一双大眼睛略带忧伤，夕阳的余晖斜斜地投射在她的脸上，灿烂的花朵将她包围，二者杂糅的光晕里，女人仿佛花仙子一样动人。

突然出现的女人，让冰超有一种莫名的亲切感。"婶儿，我能叫你婶儿吗？"女人微微一笑，点了点头，冰超立刻拽着女人的胳膊"婶儿长婶儿短"地叫着问这问那。冰超的天真欢快很快感染了这个女人，她开心地笑起来，这一笑使她更加好看了。

　　冰超天真地问，女人就认真地答，这一问一答仿佛给冰超打开了一个崭新的世界。最后的话题落在花儿上："这叫什么花？"女人走到花圃边蹲下，小心翼翼地抚摸着那些花儿，就像抚摸新生孩儿的脸庞一样，说："这些花呀，叫'太阳花'。虽然它们很普通，也很平常，但随便掐一段插在土里就能成活，越是在强烈的阳光下越旺盛，花儿也开得越鲜艳。"

　　此后很长一段时间，婶儿家的大门只为冰超一个人开着。只要一有空闲，她就跑去帮婶儿打理花圃、收拾卫生。婶儿给冰超讲故事、读文学作品，还给她梳各式各样的小辫子，冰超因此收获了小伙伴们艳羡的目光。但是，婶儿从未在冰超面前提及自己的身世和故去的丈夫。婶儿干净清丽，一双巧手除了打理烟火生活，就是侍弄"太阳花"，婶儿不和村里人家长里短，好像她的眼里只有开得肆意茂盛的"太阳花"，还有书桌上一摞摞摆放整齐的书籍，那时的冰超是读不懂的。

　　几年过去，冰超要随父母搬到城里居住了。她清楚地记得，那是一个和刚走进婶儿家一样的五月天，她踟蹰地推开大门，满院子里花香扑鼻，却静悄悄的。婶儿在花圃边坐着，穿的还是那件月白色的斜襟布褂和青色的裤子，面庞依然白皙，发髻还整齐地挽在脑后，那双大眼睛略带忧伤。

"婶儿，我要走了。"婶儿好大一会儿都没说话，只是脸上多了几许落寞。冰超犹豫着，不知是否应该就此离去。好一会儿，冰超才看见婶儿转过身去，从屋里拿出一个小纸包，说："没什么东西送你，这是我特意留出来的'太阳花'的种子，送给你吧。希望你以后不管在什么地方，都像这些花一样在阳光下开放。"

冰超搬离村子后，没几年，婶儿就病逝了。婶儿的身世，在冰超心里，成了一个永远的谜，可她的"太阳花"却种在了冰超的心里。

此时，夜色已深，在徐徐的晚风中，飘来一阵阵花香，那是"太阳花"的味道。

三叔的茶缸

1975年，三叔在村里当民办教师，因为表现优秀，被推荐上了山东师范大学。

接到录取通知书的那一天，全家都兴奋不已，可高兴之余，不禁发起愁来。爷爷奶奶知道，为了这一天，三叔不知熬了多少夜，用坏了多少支笔，可是在生活困难的年代，供一个大学生，绝对是一笔不小的支出！更何况爷爷奶奶都已年迈，大爷、大姑结婚之后有了自己的生活，父亲在外当兵，家中除了爷爷奶奶，只有刚结婚进门的母亲和两个未成年的小叔……三叔的学费成了一个天大的难题。

那年夏天，全家人都为三叔的学费想办法。通过东取西借，在开学前终于把学费凑齐了，却再也没有办法为他置办像样的被褥和生活用品。

临行前那天晚上，奶奶和三叔收拾行李时，奶奶看到三叔那破旧的被褥，心里很是难过。为了三叔的学费，全家的家底都已经掏空了，三叔何尝不知道，他拍了拍奶奶的肩膀，摇摇头无声地告诉奶奶生活上艰苦点没关系的，可当他把补丁摞补丁的破旧枕头往包里放的时候却犹豫了，不是三叔嫌弃枕头破旧，而是因为那个枕头是三叔和小叔共同使用的。奶奶为了节省布料，把这个枕头做得比正常枕头稍微长了一些，从小到大，这个枕头一直都是三叔和小叔共用的。

奶奶抚摸着那个枕头，为难地对三叔说："娃啊，这个枕头你就别带了，不是娘舍不得这个枕头，实在是太破了，你不嫌弃，当娘的这心里也过不去啊，你睡觉时把衣服摞起来先将就一下吧……"

奶奶说到这里，母亲再也看不下去了，她转身回到自己房间，绣着鸳鸯戏水的那对新婚枕头，她抱起一个就往外走，走到门口时，又看到桌子上的茶缸，拿起来又放下，犹豫了一会儿，最终还是一起拿着走进了三叔的房间。

　　三叔看着母亲怀里抱着的枕头和手里拿着的茶缸，说什么也不肯要，他知道绣着鸳鸯戏水的枕头是姥姥给母亲的陪嫁，白色的搪瓷茶缸，是父亲送给母亲唯一的新婚礼物。

　　父母是在部队结婚的，母亲千里迢迢来到部队，父亲高兴的心情不言而喻，只是父亲实在没有一件像样的东西可以送给母亲，因为这个茶缸是父亲演练时得到的奖品，父亲就把它当作新婚礼物送给了母亲。母亲从部队回来之后，一直都舍不得用，小心地摆在桌子上，每天不知道擦拭几遍。

　　雪白的茶缸上，一只仙鹤振翅欲飞，背面一个大大的"奖"字鲜红夺目。这是哥哥的荣誉，也是嫂嫂的心爱之物，更是他们爱情的象征。三叔说什么也不要，他知道这个茶缸对母亲的重要性。

　　母亲心里有不舍，却不容置疑地对三叔说："让你拿着就拿着，出门在外，这是咱们的脸面。"三叔执意推辞，母亲缓了口气说，在家喝水有得是碗，你在学校里用着方便，再说这枕头，你二哥一年才回来一次，回来也待不了三五日，在家闲着也是闲着。母亲一边说着，一边把枕头和茶缸一起塞进了三叔的网兜里。三叔不再推辞，却在转过身时一个劲儿地流泪。

三叔为了节约，让家里少一些负担，他恨不得一分钱掰成两半花。三叔一走，家里的生活更加困难了，母亲就利用上工休息的时间，去地堰上采槐米、挖中草药，拿到城里换成钱贴补家用。

我快满周岁的时候，父亲回来接我和母亲到部队小住，临行前母亲提议先坐火车到济南去看望三叔。几经周折，当父母抱着幼小的我出现在三叔面前的时候，三叔激动得手足无措，不知如何表达自己的感情，只能紧紧地把我抱在怀里，亲了又亲。

然后，三叔从黄书包里拿出来一个小袋子递给母亲，母亲打开一看，是一件米黄色的小连衣裙。柔软的面料上绣着一层淡雅的小白花，可爱的娃娃领上镶着一圈花边，这件做工精致、面料轻薄柔软的小裙子，母亲一看就知道价格很高。三叔的生活费并不高，哪里来的闲钱买裙子？母亲很不相信地看着三叔，三叔憋得满脸通红，他低下头说："嫂子，这是我给小侄女买的。"母亲还没接话，父亲就火了："一个孩子，穿这么好的衣服值得吗？给你钱，是全家人省吃俭用让你读书的，不是让你瞎显摆……"

面对父亲的训斥，三叔的头低得更深了，他使劲揉搓着自己的衣角，红着脸说："哥，我不是显摆，我……我只是想给小侄女一个见面礼。"

"你、你……"父亲一时气得说不出话来。

母亲见状赶紧拉着父亲说："别难为她三叔了，这是他的心意，你看这做工，你看这面料，她三叔的眼光真好。"父亲狠狠地瞪着母亲，什么也没说。母亲也不辩解，临走的时候一再嘱咐三叔说："这次的礼物就收下了，以后可不能再这么干了，一是小孩子长得快，衣服穿不了多久就小了，花这么多钱实在太浪费了，再说现在上学，正是用钱的时候，等以后有钱了，给孩子买什么我都照单全收。"母亲替三叔解了围，三叔忐忑不安的心终于放下了。

现在想起这些往事时，双鬓斑白的三叔眼睛里总是噙满了泪水。

我的小学老师

再见张淑婉老师，是我小学毕业38年后。张老师已是87岁高龄，虽然岁月的风霜在张老师身上留下了沧桑的印记，可是她身上熟悉的亲切和温暖，依旧和我记忆里一样。

1986年，父亲从部队复员转业回到老家诸城，我也随之转学到了县师范附小上学。当时的班主任是张淑婉老师，她牵着我的手走进五年级三班教室的那一刻，五十三双眼睛齐刷刷地向我投来好奇的目光，胆怯的我紧紧地拉着老师的手不放。我至今仍清晰记得，张老师轻轻地拍着我的肩膀，用温柔的话语向同学们介绍我，接着大家用热烈的掌声对我加入这个班级表示欢迎。在张老师的引领下，我驱散了心中的不安，慢慢舒缓了那颗紧绷着的心，融入了这个新的集体。

张老师教语文，每次课上她会用生动的语言将那些看似枯燥的文字变得鲜活起来。一篇篇优美的课文在她的讲解下，如同一幅幅绚丽多彩的画卷在我们眼前徐徐展开。她那富有感染力的声音，引领着我们在语文的海洋中畅游。她时而幽默风趣地讲解诗词典故，让我们在欢笑声中领略古人的智

慧；时而声情并茂地朗读经典美文，让我们沉浸在文字的魅力之中。每一堂课都是一次充满惊喜的探索之旅，我们在轻松愉快的氛围中汲取着语文的养分，茁壮成长。

张老师特别会巧妙地设置问题，来激发我们的思考，让我们在热烈的讨论中理解文章内容，学会举一反三。她还会

通过角色扮演、小组竞赛等活动，让课堂充满活力与趣味。在张老师的语文课上，朗读也被赋予了特殊的意义。她常常亲自示范，用那富有感染力的声音，将课文中的情感演绎得淋漓尽致。她鼓励我们大胆地表达自己，用声音传递文字的魅力。

因为在南方生活多年，我的普通话比较好。张老师在课堂上邀请学生领读课文时，我总是毫不犹豫地高高举起手。当我声情并茂地朗读时，张老师投来赞许的目光，同学们也特别喜欢我的朗读，渐渐地我喜欢上了朗诵，喜欢一字一句从我的口中吐出，抑扬顿挫地将文字中的情感与画面生动地展现出来的感觉。

十几岁正是调皮捣蛋的年纪，对事物的理解处于"似是而非"的阶段。记得班里有个男同学，总是控制不住自己，拿别人的东西，今天拿这个同学的笔，明天拿那个同学的本子。同学们对他的这种行为已经到了忍无可忍的地步，于是都气呼呼地跑去报告给张老师。

张老师认真听着同学们反映的情况，陷入了深深的思索。她知道，简单的批评或者惩罚可能只会让这个孩子产生抵触情绪，无法从根本上解决问题。经过深思熟虑，张老师把这个男同学单独叫到办公室，开始了一次充满信任的谈话。她没有一上来就指责男同学的错误，而是温和地说："老师知道你是一个好孩子，同学们都很信任你，老师也一样。"男同学有些惊讶地抬起头看着张老师。

张老师接着说："现在同学们都去上体育课了，老师想让你在班里值守，保护班级和同学们的'财产'安全。这是一项很重要的任务，老师相信你一定能做好。"男同学的脸红了，有些不好意思地低下了头。张老师微笑着拍了拍他的肩膀说："老师相信你，从现在开始，你就是班级财产的小卫士了。"从那以后，班里的同学再也没有丢过任何东西。

在班里有个叫朱世华的女同学，小时候因为一场意外事故，她的一条腿断了，尽管经过治疗接好了，走路却也一瘸一拐的，样子有些滑稽，很多同学都不愿意跟她玩。朱世华内心很自卑，性格也变得孤僻，她总是默默地躲在角落里，看着同学们嬉戏玩闹，眼神里充满渴望与落寞。

张老师看在眼里，她深知这种处境对朱世华的成长会造成负面影响。于是，张老师把我和另外几个和朱世华住得近的同学召集到了一起。张老师的眼神里透着严肃与关切，她非常认真地对我们说："同学们，你们知道吗？同学之间是要互相关爱和帮助的。朱世华同学遭遇了意外已经很不幸了，大家看不出来她的难过吗？如果我们作为她的同学，再因为这个原因而疏远她，对她来说岂不是雪上加霜？"

我们几个同学听了张老师的话，心中满是愧疚，意识到自己之前的行为不对，没有尽到同学之间应有的情谊。从那以后，我们几个按照张老师的叮嘱，主动接近朱世华。上学的时候，我们会在家门口等她，和她一起去学校；课间休息我们拉着她一起聊天、做游戏；遇到她在学习上有困难，我们也会耐心地帮助她解答。在我们的带动下，渐渐地其他同学也改变了对朱世华的态度。朱世华不再像以前那样独自躲在角落里，她开始积极地参与班级活动，性格变得开朗了许多，与同学们的关系也越来越融洽。

此时此刻，坐在张老师面前，看着她那满头的白发和布满皱纹的一张脸，依然笑意盈盈、充满温暖，让我的心里备感亲切。张老师拉过我的手，轻轻地拍着，声音温柔地说："我记得你，你就是当年那个爱读书、爱写作文的好学生刘霞。"

　　回想起来，那是我成长路上最美好的时光。张老师独具慧眼，发现了我的写作潜质。从那以后，她便利用课余时间给我"开小灶"，鼓励我多读书、读好书，开阔自己的视野，她时不时带几本文学书籍给我读，书店里有了好书也推荐给我。每次上作文课，写完作文交上去后，我都期待作文本再次回到我手中。将作文本拿到手里，我先看张老师的红笔批注，那些肯定和鼓励的话，让我惊喜不已。我的每一篇作文张老师都仔细修改，从字词的运用到语句的通顺，从修辞的妙用到文章的结构，她都详细地一一讲解、点评，这份认真给了我莫大的鼓舞和自豪感！

　　在张老师的用心指导下，我的作文多次在课堂上被当成范文。当张老师充满感情地朗读我的作文时，同学们投来羡慕的目光，让我心中充满了成就感，也就是从那时起，在我的心里埋下了文学之梦。

小脚姥姥

记忆中，姥姥活着的时候，绣得一手漂亮鞋垫，十里八乡都有求她绣鞋垫的，姥姥是个热心肠，从来都是有求必应。每次我回姥姥家，都能看到家里聚集了很多大姑娘、小媳妇，她们围着姥姥叽叽喳喳地一边讨教，一边跟姥姥学如何描花样，如何穿针引线、搭配花线。

姥姥身材瘦小，有些稀疏的头发在脑后挽成一个髻，身穿自己手工缝制的棉布裤褂，慈祥的脸上总是挂着和气的笑容。我印象最深的是姥姥的一双小脚，尖尖的像两个大号的辣椒。每天傍晚，姥姥都会打一盆温水，仔仔细细地清洗因裹脚而变形的一双小脚，第二天早晨再用柔软的棉布一层层缠起来，塞进尖尖的鞋子里，然后姥姥利索地踮着小脚开始忙东忙西，让我看得心惊胆战。

　　冬季歇闲，姥姥盘腿儿坐在炕上，两只小脚十分灵巧地交叉叠放在腿上，开始专注地裁料、描花样，给孩子们做鞋、绣鞋垫。姥姥先用早已做好的褙子下好鞋样儿，再蒙上面料绲好边儿，然后一针一线地开始绣鞋垫。姥姥纫针时舌尖轻轻舔着棉线，用牙齿把棉线咬成细长的线

头，举起针和线对着光亮处，一下子就纫好了，然后一双灵巧的手上下翻飞，还不时把针在头上轻轻划一下以润滑针线。用不了多久，一双双"鸳鸯戏水""富贵牡丹"等图案的鞋垫就做好了。拿在手里，活枝鲜叶、栩栩如生的样子，让家里办喜事等着用鞋垫的人家喜滋滋地夸了又夸。姥姥给

我做的鞋子，形状像"燕子归巢"，鞋面上绣着两只漂亮的蝴蝶，我穿起来蹦蹦跳跳跑去向小伙伴们炫耀，常常惹得小伙伴们羡慕不已。

20世纪70年代初正是物资匮乏时期，许多人家里经常吃了上顿没下顿。我的姥爷当时在公社食堂工作，几个舅舅有在村里任职的，有在村办企业工作的，在姥姥的精打细算、勤俭持家下，姥姥家里算得上是比上不足比下有余的"小康"生活。母亲在这样的环境中长大，二十岁出头就出落得亭亭玉立，一双眼睛清澈照人，扎着两条乌黑油亮的大辫子，来为母亲说媒的媒婆简直踏破了门槛。母亲的远房表姑介绍了一个小伙子，人长得眉清目秀，只是远在福建当兵，最主要是这小伙子个子不高，乍一看还没有母亲高，母亲有点含糊。

待媒人走后，姥姥一板一眼地给母亲讲道理："闺女啊，嫁汉嫁汉，穿衣吃饭。你打小在家没吃过苦，虽说日子艰难，可咱家从来没让你受过委屈，以后嫁到婆家就难说了。我看这小伙子心眼好，人实诚，又在部队里锻炼了这么多年，肯定会好好待你，你好好想想吧。"母亲认真地想了三天，点头同意了这门亲事。

如姥姥所言，后来成为我父亲的小伙子，对母亲特别好——从来不大男子主义，有什么事情都和母亲有商有量，对母亲特别尊重。即使人远在部队，平时节省下来的津贴，也一分不落地寄回来给母亲贴补家用，任何时候得了什么好东西都会留给母亲，对姥姥姥爷很孝顺，母亲娘家人对他赞不绝口，姥姥家里有什么事情，他都跑在前头。

当时，父亲家的经济情况不如姥姥家，大家大口地住在一起，十几口人张嘴吃饭。姥姥深知过日子的艰难，隔三岔五就打发舅舅们去给母亲的婆家送东西，今天一袋面，明天几斤肉……发现奶奶家的院墙倒了，又马上打发舅舅送砖过去，帮着把院墙砌好。母亲生我的时候奶奶身体不好帮不上忙，姥姥赶紧跑来照顾月子，她踮着一双小脚里里外外地忙个不停，让母亲得以安心地"坐月子"。

我不到一岁的时候，父亲提了干，随后母亲带我到南方军营生活。送行的时候，姥姥满眼泪花，千叮咛万嘱咐父亲一定要照顾好我们。到了军营之后，姥姥隔三岔五邮递她亲手做的鞋垫到军营，父亲每每感动得眼含泪花，也许在姥姥的心里，这是对女婿人品的肯定和认可吧。

父亲要去执行特殊任务，随大部队开拔后，母亲整天以泪洗面，一向被父亲保护得很好，突然要自己带着两个幼小的孩子独自生活，妹妹在这个时候恰巧又得了急性肝炎住进医院，母亲一时六神无主……千里之外的姥姥得知消息后，不得已扔下才几个月大的孙子，不辞辛苦地坐上绿皮火车，经过四天三夜地颠簸来到部队大院，那是六十多岁的姥姥生平头一次独自出远门。看到舟车劳顿后筋疲力尽、灰头土面的姥姥站在面前，母亲激动得直流泪，高兴之余又担心家里的弟媳妇责怪姥姥，姥姥一脸坚定地说："没有我女婿这样的军人撇家舍业、流血流汗保家卫国，哪有他们在后方平平安安的生活？我不来照顾好你们娘三个，俺女婿在前线怎么安心？"

母亲把姥姥来照顾我们的事情发电报告诉了父亲，让他不用担心我们，父亲接到电报后，终于放下心来。

父亲执行任务一年，姥姥在部队大院也陪伴了我们一年。父亲胜利归来，把他荣获的军功章郑重地戴在姥姥胸前，含着热泪对姥姥说："娘啊，谢谢您在我执行任务时照顾她们，这军功章有我的一半，也有您的一半！"

别看姥姥长得瘦小，在父亲眼里，这个踮着一双小脚的小老太太，关键时刻可是我们家的精神支柱。

雨中飘荡的回忆

今年盛夏，连续几天的燥热后，终于迎来了一场大雨。望着窗外如注的大雨，我的脑海中忽然闪过多年前那个盛夏的雨夜，思绪不禁"潮湿"起来……

1969年，父亲响应祖国号召，怀着一腔报国热情应征入伍。那时21岁的父亲，正值热血青春的年纪，他不怕苦、不怕累，为人热情，谦虚好学，不但很快适应了部队的生活，还成为新兵连的文艺骨干和汽车班的业务骨干。

几年后，父亲就被部队接连提拔，母亲有了随军的机会。于是母亲带着尚在襁褓中的我，千里迢迢与父亲团聚在南方那个飘满茉莉花香的部队大院，结束了多年的"牛郎织女"生活。

父亲特别心细，连和母亲说话都从来不会大声。在我的记忆里，父亲和母亲始终相敬如宾、有商有量、恩爱有加。我和妹妹在这样一个特别融洽的家庭环境里得以幸福快乐地成长，父亲对我们的爱护也是无微不至。

记得有一次，我感冒发高烧，迷迷糊糊躺在床上，一口饭也吃不下，这下急坏了父亲，他皱起眉头摸着我滚烫的小脸，柔声问："闺女，你想吃啥？告诉爸爸……"

"想吃罐头，橘子罐头……"我勉强睁开眼睛，有气无力地回答。

那时正值盛夏的一个暴雨夜，屋外电闪雷鸣、大雨倾盆，父亲毫不犹豫地穿上雨披，不顾母亲的反对，一头就冲进了大雨里。待父亲从军人服务社买回来橘子罐头的时候，浑身上下就像从水里捞出来似的，雨水顺着裤腿儿在父亲站着的地方流成了两条小溪。母亲心疼地责怪父亲："你就不能等雨停了再去买！"

"那不行，我闺女等不了。"

父亲说着，从怀里掏出被雨衣包裹的四个橘子罐头，也不管母亲让他换下湿衣服的催促，连忙打开，用勺子一口一口地喂给我吃。那一刻，望着父亲湿漉漉的头发，我感觉自己是这个世界上最幸福的人。

在山东籍的战友群里，父亲的年龄稍大些，战友们都亲切地称他为"炳亮大哥"，当然，父亲也确实做到了大哥的责任和担当！父亲一直视战友为兄弟，无论是工作上还是个人生活中，对他们都非常关注和照顾。哪个战友遇到困难了，他肯定第一个去关心和帮助，时间久了，父亲成了战友们心中的最可信赖的"炳亮大哥"。

母亲也是军属中最早随军到部队的，部队分配给父亲的两室一厅住房，在母亲的操持下，不但是我们温馨的小家，更成了战友们在部队聚会和改善生活的据点。每到周末，少则几个多则十几个战友，就不约而同地来到我家，父亲母亲热情地拿出家里好吃的、好喝的招呼大家。母亲闲时在院子里开辟了一个小菜园，还特地饲养了鸡鸭鹅，为战友们的周末聚会提供丰富的物资保障。不管哪个战友的家属到部队探亲，第一顿欢迎宴会必定是在"炳亮大哥"家里举行。父亲转业后的很多年，每次战友聚会，"炳亮大哥"家的周末美食，一定是战友们最为津津乐道和怀念的大餐。

1984年7月，父亲所在的炮兵团要开赴云南中越边境执行战斗任务。临行前夜，战友们聚集在"炳亮大哥"家里，眼含热泪地拉着母亲的手说："嫂子，战场上真枪实炮不长眼，我们这一去生死难料，万一我们中谁'挂'了……您一定代为转达，就让弟妹改嫁了吧……"

"胡说什么，你们一定会平安回来的！"母亲一时神伤地泪如雨下，她一拳拳落在兄弟们的胸膛上，又满含心疼和不舍地将他们揽过来紧紧拥在怀里。那一夜，母亲听着战友们的嘱托，真正明白了什么是"家国难两全"，对战友和他们的家属多了疼惜。

历经战场的淬炼与战火的洗礼，屡立战功的父亲于1986年结束了部队生涯，转业回到了老家诸城。刚刚安排好工作和生活，父亲就脚不沾地地忙碌起来。十几年聚少离多的部队生活，缺失的照顾父母和看望亲朋的时间，父亲都要一一补回来。每到周末、节假日，雷打不动的安排，是父亲和母亲骑着自行车载着我和妹妹，骑行将近两个小时去看望住在乡下的爷爷奶奶。爷爷生病期间，父亲四处求医问药陪伴左右；爷爷病重的时候他几天几夜衣不解带陪在床前，直至爷爷毫无牵挂地闭上双眼。爷爷走后，奶奶执拗地不肯来城里与我们同住，乡下平时还好，每到冬天十分寒冷，父亲早早给奶奶备足取暖的煤炭，可是他依然不放心奶奶，每次都要软磨硬泡把奶奶接到城里过冬。

我们家户门很大，堂哥、堂姐、表妹、表弟，再加上母亲那边的子侄，七七八八几十口人，在父亲眼里哪一个都是自己的孩子。上学就工、结婚生子，没有一样是父亲不操心的。这个孩子们口中的"二大爷""二叔""二舅""大姑父""大姨夫"，在他们心里既是可以依赖的长辈，又是可以随意开玩笑的"孩子头"。

我和丈夫认识的时候年龄尚小，父亲得知后极为严肃地与我深谈：你刚刚参加工作，当前最重要的事情应该是好好工作，干出成绩，而不应该把精力放在谈恋爱上。我长这么大，第一次见父亲这么郑重和严肃。我不敢违逆父亲，却也舍不得这段恋情，于是和丈夫低调地转为"地下情"，但是在工作上真的是按照父亲的要求去做了！

几年后，父亲再一次严肃地找我谈话："闺女，你俩的事确定了吗？"

"您说啥呢爸！"我的脸顿时红了，惊诧地望着父亲。

"不用瞒我，这些年你们暗地里一直交往着……"父亲看着我羞红了的脸，忍不住笑了起来，"如果你就认定了他，我不会再阻拦，你也到了谈婚论嫁的年龄，只要你认为适合，我们做父母的只有祝福……"知女莫若父，望着父亲殷切的目光，我郑重地点了点头。

婚礼如期举行，在给父母鞠躬道别时，扛过枪上过战场的硬汉父亲居然一句话也说不出来。在他满含不舍和关切的目光注视下，我的泪水夺眶而出……父亲别过头去，挥手示意让我走，我心底涌动万千思绪，恍然回到了童年那一场盛夏的大雨里，父亲给予的满满的幸福感，此时此刻竟多了一份感伤！

2005年的夏天出奇的炎热，知了们像听到集结号似的，此起彼伏地叫着，父亲躺在病床上，呼吸越来越微弱，我紧紧抓住他那双瘦骨嶙峋的大手，在如此炙热的高温里，这双手竟然没有一丝暖意。父亲无力地微睁着眼睛，直直地看向我，张了张嘴巴却说不出一个字，我赶紧擦去脸上的泪水，趴在父亲耳边语气坚定地说："爸……爸！您放心吧，我会照顾好奶奶，照顾好妈妈，照顾好这个家的……"父亲的眼睛里飞快地闪过一道光，眼角流下了两行泪，随之慢慢地闭上了眼……

刹那间，窗外电闪雷鸣，滂沱大雨倾盆而下。

父亲的离去，把我的悲伤无限拉长，尤其每逢盛夏大雨时，总觉得父亲还在身边。再过几天，就是父亲的忌日，隔着十几年的光阴和思念，我想和父亲说的话很多很多……

第二章 故乡的年

故乡的年

父亲从南方部队转业回到老家诸城后，把家安在城里，每年最开心的事儿就是回老家过年。

那时候，城乡还没有通公交车，父母亲只能一人骑着一辆自行车驮着我和妹妹回老家。我和妹妹坐在爸妈自行车的大梁上，车后座捆绑着各种各样的年货。每次一到家，我和妹妹就会嚷嚷硌得屁股疼，但是见到爷爷奶奶、伯伯婶婶和堂兄堂妹们，疼痛就烟消云散了。

在老家过年那真叫一个热闹。偌大的天井里，每个大人都在忙活着。贴春联、打扫庭院卫生是两位叔叔的事儿；准备年夜饭是爷爷奶奶的强项，我的大娘婶婶们则是给爷爷奶奶打下手。爷爷把自家养了一年的鸡杀掉，洗干净后剁成小块，用他的独家家传秘方腌制好，再下油锅炸，一炸就是一大盆。那香喷喷的味道惹得我馋涎欲滴，趁他不注意，偷偷地转过去，从他身后的盆里拈一块再拈一块，外焦里嫩的口感直到现在还是让我难以忘怀。那时候我总以为爷爷不知道我偷吃，直到后来才知道，爷爷其实是睁一只眼闭一只眼，我满嘴的油花儿，爷爷咋会看不见呢？

奶奶在灶台旁不停地挪动着她那双袖珍小脚，忙活着做我们老刘家的拿手菜——韭菜炒鸡蛋。这虽然是一道极其简单的菜，但是其中的技

术含量却不低。"小脚奶奶"利落地把韭菜仔细清洗干净，用刀在菜板上均匀地切成菜末儿，与事先打好的鸡蛋一起放在盆里使劲搅拌，使菜末儿能充分与蛋液混合，然后加入适量的盐和五香粉再次搅

拌均匀，还要加入适量的清水。平底锅里的油热到八分热时，"滋啦"一声将搅匀的鸡蛋倒进锅里，不要翻动鸡蛋，等与油锅接触的那面略微发黄时，再把鸡蛋翻过来，盖上锅盖转小火焖大约一分钟。掀开锅盖，香气扑面而来，奶奶用铲子将鸡蛋胚切成方块，然后小心翼翼地铲到瓷盘里上桌。就是现在，这道菜也是我们大家庭聚会时不可或缺的保留菜品。

迎家堂，是我家除夕最为隆重和严肃的事情。大伯和父亲按照爷爷的指令，将堂屋的桌子擦得干干净净，摆好祖宗牌位，各种供品、茶杯、酒盏要一应俱全。我们虔诚地给列祖列宗磕头，这时候谁也不敢乱说话，在长辈们的指挥下，我们按照顺序跪在地上磕头、作揖，祈求列祖列宗保佑一家老小平安顺遂。

夜幕降临，村里不约而同响起此起彼伏的鞭炮声，我们一大家子十五六口人，里一层外一层地围坐在桌旁，大人们你一言我一语地敬爷爷奶奶酒，说着各种各样过年的吉祥话，我们这些孩子心思却不在这一桌子的美味佳肴上，屋外"噼里啪啦"的鞭炮声早就把我们的"魂儿"勾走了，你看我、我看你，相互使几个眼色，就急急忙忙往自个嘴里一个劲儿地填菜，囫囵吞枣地吃几口后，就"哧溜"一下从大人怀里钻出来，跑到院子里放炮仗去了。

酒过三巡之后，院子里燃放烟花的主角就成了三叔和小叔了。三十岁出头的两位叔叔还像童心未泯的孩子，花样比我们这些小孩子还多。小叔在院中间摆上两个大方凳，把礼花放在方凳上面，这样一来就把烟火燃放的高度提升了好多倍。特别是放"钻天猴"时，小礼花在凳子上弹起，在半空里转几个圈圈，然后"嗖"一声钻进夜空中绚烂绽放，我们兴奋地叫着、喊着，又蹦又跳。年迈的爷爷奶奶坐在里屋的炕上，把脸紧紧贴在印有窗花的窗户上，看着大院里的儿孙们欢闹，嘴角洋溢着幸福的笑容。

那些年，除夕时经常会飘落一场厚厚的雪，这无疑给我们这些孩子增加了更多的乐趣。大红灯笼照耀下，我们像撒了欢儿的野马，尽情地在雪地里滚雪球、堆雪人、打雪仗。这个时候，叔叔们借着酒劲也会加入这场除夕雪战中，他俩立时会成为我们这些孩子的围攻对象，口袋里、衣领里都被我们塞满了雪。

第二天一大早，新年的太阳还未升起，屋檐上挂满晶莹剔透的冰凌子，放眼望去，满院白色的雪被我们翻腾得一片狼藉，上面点缀着的红色炮仗皮，像刚打完胜仗的"战场"，让人喜悦无比。

"年年岁岁花相似，岁岁年年人不同。"时光如梭，所有的一切都从指间流走，或人、或事、或心境。唯有对故乡的年，对那些过往不能重来的美好，我至今怀念。

四　哥

　　四哥在家族中排行老四，大家都喊他"四哥"。

　　四哥是我们这个家族的骄傲。他是第一个考出去的大学生。只是他考得太不容易，连续考了三年才考上。

　　第一年四哥落榜后，家里人劝他找个工作。以农村当时的经济条件，供一个学生太困难。四哥虽然在家族中排行老四，在家里却是长子。父母都希望他找个工作，不仅能减轻家里的负担，多少还能帮衬些。可是四哥一句话不说，憋了半天，像是和谁赌气似的吼了一嗓子："无论如何，我也要再考一年！"父母看着四哥决绝的样子，不忍心拒绝他，同意他复读一年。

第二年，四哥仍然名落孙山。父母实在没有力量再供四哥，可四哥苦苦哀求，说："千难万难，你们就让我再考一次，如果再考不上，我就死了这条心了，以后永远不提上学二字。爸、妈，我真的想改变自己的命运，想改变咱们这个家庭的现状。"

可怜天下父母心。看着四哥脸上坚毅的目光，父母只能再次妥协。于是，历经三年，四哥终于榜上有名。四哥的执着，成为家族长辈教育晚辈的范本。

在那个年代，家里出了个大学生，不仅是父母，更是整个家族的骄傲。这份骄傲使四哥产生了一种无与伦比的优越感，他越发清高。

我对四哥并不熟悉，对他的认知完全来源于别人的评价。我只知道他大学毕业后在青岛一家国企上班，四嫂是地地道道的青岛人。第一次见到他们是在四哥的婚礼上。自带优越感的四嫂美丽端庄，四哥更是一副志得意满的样子。或许是先入为主，也或许是他们太过优秀，我与四哥始终有一种莫名的距离感。以后的日子我们没有多少交集，我对他的印象仍然一如最初——优秀而清高，因此也就越发显得生疏。

前几年，四哥一系列的表现让我逐渐改变了对他的看法。那年大爷生日，很少露面的四哥特地从青岛回来给父亲庆祝。四哥的出现，出乎大家的意料。大爷更是高兴，一个劲儿地劝大家喝酒。一向不胜酒力的四哥也喝了不少，他挨桌敬酒，一改过去"清高"的姿态，不停地对长辈说着祝福的话，也不停地和我们开着玩笑。

我很是不解，是我最初对他的认知出了错，还是什么原因让四哥改变了？也是那一次，四哥跟我推心置腹地说："老人们都年纪大了，他们这一辈子不容易，我们一定要好好尽尽孝心。"望着他真诚的目光，我郑重地点了点头。他接着说："年轻的时候，都说我清高，其实哪里是清高，是事业打拼初期一切都得靠自己努力，日子过得也艰难，所以才与兄弟姐妹走动得少。现在一切都好起来，兄弟姐妹也要互相帮衬着点，我是家里的长子，更有这份责任。"原来看上去无限风光的四哥，也有他的难处。

那一年，四哥为父母一次性补齐了社保，说等父母老了以后，不仅有子女孝敬，还有退休金可以自由支配。他给家里买上了汽车，让小弟开着，告诉他说："这是给父母配了个专车，他们有事需要出门，你负责接送，其余时候它就是你的代步工具。"

四哥像变了个人似的，对两个弟弟无比关爱，经常询问他们的事业、孩子们的学习。在他们遇到困难时，总是第一时间提供帮助。每次回来，都大包小包地给孩子们买东买西，孩子们都特别听他的话。四哥真的活成了一个大哥的样子，成了这个家庭的顶梁柱。

可是好景不长，就在五年前的那个夏天，为赶项目工期，四哥连续加了一个多月的班。有天深夜，刚回到宾馆他就感到头昏脑涨、天旋地转，紧接着"扑通"一声，倒在地上不省人事。

同屋的同事赶紧打了120，将四哥送到医院，医院诊断结果是脑出血。那一年，四哥还不到五十岁！这个晴天霹雳，在亲人和同事间炸响。那天，公司领导、亲戚、朋友和同事都赶到医院，他们都祈祷四哥能转危为安。医院为四哥请来北京和上海的专家，希望出现奇迹，可专家们给出的结论是出血部位太危险，建议保守治疗。

正值壮年的四哥，成了一个"植物人"。他躺在床上什么都不知道，可父母背后里眼泪都哭干了，面对四哥时还要强颜欢笑。白发苍苍的母亲给他讲他小时候的事，希望能唤起他的记忆；弟弟将孩子们的视频放给他看，希望得到他的共鸣，可四哥大多时候是木然的。

我们不相信四哥真的成了"植物人"，因为当母亲给他擦拭身体的时候，他会亲切地看着母亲的脸，那澄澈的目光与婴儿无异。我们不知道四哥内心经历着什么，当满脸沧桑的父亲对他诉说往事的时候，他的眼角会慢慢流下两行泪水，有时我们也会看到他握紧的拳头，我们还来不及惊喜，他又恢复了木然。

一天又一天，一年又一年，四哥的病情在反反复复中度过了五年。终于，他不到五十岁的生命，定格在父亲生日之后的第三天。善解人意的四哥，这是临终也要为老父亲过完生日再走。让年迈的父母伺候五年，对于一生要强的四哥来说，真的是"生不如死"，可是四哥的潜意识里一定知道，即便是这样活着，也是对父母的慰藉。

让父亲过一个"完整"的生日，可能是四哥唯一能在生前可以做到的了。

往事如烟

九年了，陈雯每次来到这个墓地，都是同样的感觉，没有悲痛，没有难过。

按照民间习俗，"十年坟九年上"，十年坟是要大办的。坟前堆满纸糊的金元宝、摇钱树、四季衣物，乃至汽车、电器、洋房，这些大件是一应俱全。

陈雯的丈夫拿出打火机，点燃这堆纸物时，烟火缭绕中，陈雯眼前浮现出满面笑容的婆婆。陈雯的婆婆是一个过惯了苦日子的人，十八岁嫁进这个家，一口气生下三男一女。她拉扯四个孩子，还要伺候年迈多病的公婆，干着与自己瘦小的身材毫不相称的体力活。

每天天不亮，婆婆就起身把院子打扫干净，再挑水将大缸填满。当炕上的老人、孩子睁开眼，婆婆烀的玉米面饼子已经出锅，还有为爷爷奶奶准备的香喷喷的荷包蛋。

村东头的小菜园是家庭经济的重要来源，婆婆伺候完一家老小，急匆匆地跑到菜园子，"抢"一般地将沾满露水的青菜装满两个大篓子，咬着牙使出吃奶的力气，把篓子牢牢地固定在大金鹿自行车后座上，去集市上出售。

后来，陈雯嫁给了她的儿子。对自己婚后的生活，陈雯感到非常担忧。一天早晨，陈雯刚起床，打开房门就愣住了，只见婆婆正忙碌地往餐桌上摆小笼包、油条和鸡蛋。

婆婆看见不知所措的陈雯，笑盈盈地说："小雯，你快去洗漱好来吃饭，我也不知道这些合不合你的胃口，如果你觉得不好，就告诉我你爱吃什么，妈做什么都是做，就做你爱吃的啊。"

婚后一年，陈雯就让公婆抱上了期盼已久的大孙子，老两口整天乐得合不上嘴。

婆婆几乎包揽了全部的家务，每天睡得更晚、起得更早。陈雯平日里工作忙，还要经常出差，因此照看孩子和家里的大事小事都由婆婆一人承担。

有一次，陈雯在外地出差将近两个月，每天晚上她都会给儿子打个电话，可是才五六岁的儿子每次都是在奶奶的再三劝导下才来接电话，应付个三言两语就跑走了，陈雯很是失落。这时婆婆总会拿起电话开导，说什么男孩心大啊，什么都是让动画片给吸引的啊，直到把失落的陈雯哄开心，才算罢休。

有时家门口来个要饭的，婆婆先给他的茶缸里倒满热水，再从笸箩里拿出两个刚蒸好的馒头或包子。如果要饭的是个女性，她还会再找些干净的旧衣服送给她。

在一个风雪交加的夜晚，加完夜班的婆婆深一脚浅一脚地往家走。走到巷子头上的时候，突然发现风雪中有人蜷缩在一根路灯杆下。"救救我们……"路灯下传来微弱的声音。婆婆强按住快速跳动的心，停下脚步。透过昏暗的灯光，婆婆发现一个披头散发的女人，身上裹着一件破烂的黄大衣，使劲搂着怀里一个昏昏沉沉的七八岁模样的女孩。

"救救我们……"女人再次发出了微弱的求救声。善良的婆婆顿时心软了，她蹲下身子问这个女人："你是生病了吗？"女人摇摇头说："我们已经三天没吃饭了。"

婆婆做出了一个连自己都不敢相信的决定："走，跟我回家。"那女人不敢相信自己的耳朵，最后还是婆婆坚定的眼神给了她勇气。母女俩跟着婆婆走进家门，迎接她们的是家中五个人的质疑和反对的目光。婆婆没有过多解释，麻利地烧好一锅热水，让这娘俩把脸和手洗干净，又把热好的饭菜端上桌让她们吃。

那顿饭，女人和孩子是伴着泪水咽下去的。

第二天雪就停了，婆婆把一包衣服和五块钱一起塞给女人，女人拉着孩子刚要跪下，被婆婆一把拽了起来……

命运总是出其不意，一向乐观的婆婆患上了尿毒症。再坚强的人在病魔面前也是不堪一击，六年后，婆婆就带着遗憾离开了这个世界。

婆婆走后，陈雯整个人是木然的，她的思维不再跳跃，表情不再丰富，语言也变得匮乏。她不知道该说什么、该做什么，像个木偶一样任人安排，脑子里反反复复出现的就是婆婆弥留之际对她说的那句话："这个家，以后就靠你了……"

　　蓝色火焰跳动得越来越低，越来越小……陈雯用手抹去脸上的泪水。十年了，过去的都过去了，留下的永远留下了，一切会越来越好的。

雨夜，给您写一封信

亲爱的爸爸：

今夜的雨淅淅沥沥地下着，漆黑的夜幕中一声声敲打着窗子，也敲打着我的心。密密麻麻的雨丝交织成一张思念的网，网住我此刻"潮湿"的心情。我的思绪无数次不由自主地飘向远方，飘向彼时还有您在的地方。

记得小时候每逢下雨，您总会早早地带好雨伞，在学校门口等着我。您的身影在雨中是那样高大，总是让我小小的心感到无比踏实和温暖！有一次雨下得特别大，长长的街道变成了一条河，您毫不犹豫地背起我，小心翼翼地走着，生怕雨水淋湿了我的衣裳。您的大脚在水中蹚起片片水花，溅湿了您的裤腿儿甚至上衣，可您却毫不在意，只是关切地问我："闺女，冷不冷？"我趴在您的背上，紧紧搂着您的脖子，那一刻的幸福也像雨水一样在我的心里流淌。

还有一次，我感冒发高烧，迷迷糊糊躺在床上，一口饭也吃不下，这下急坏了您，您皱起眉头摸着我滚烫的小脸，柔声问："闺女，你想吃啥？告诉爸爸。"

"想吃罐头，橘子罐头……"我勉强睁开眼睛，有气无力地回答。

那时正值盛夏的一个暴雨夜，屋外电闪雷鸣、大雨倾盆，您毫不犹豫地穿上雨披，不顾母亲的反对，一头就冲进了大雨里。待您从军人服务社买回来橘子罐头的时候，浑身上下就像从水里捞出来似的，雨水顺着裤腿儿在您站着的地方流成了两条小溪。母亲心疼地责怪您："你就不能等雨停了再去买！"

"那不行，我闺女等不了。"

您说着，从怀里掏出被雨衣包裹的四个橘子罐头，也不管母亲让您换下湿衣服的催促，连忙打开，用勺子一口一口地喂给我吃。不知道是罐头有神效，还是您的爱是神药，反正一个罐头下肚后，我的病就好了大半。

儿时的我在小伙伴面前一直是骄傲的。每年"六一"国际儿童节的这天早上，一睁开眼睛，我和妹妹的枕头边就会各自放着一条叠得整整齐齐的花裙子，那是您和母亲在节日头一天偷偷去为我俩挑选的，这份惊喜就是现在所谓的"仪式感"，在当时，好多小伙伴是享受不到的。摸着让我们爱不释手的新裙子，我和妹妹就会赶紧起床洗漱干净，换上漂漂亮亮的新裙子兴高采烈地去学校，在同学们无比羡慕的眼神中尽情摆动着我们的花裙子，那一刻，我感觉自己是这个世界上最幸福的人。

您也有严厉的一面。那是一个初秋周末的下午，我和部队大院里的小伙伴们在营房门前上上下下起劲地翻着高低杠，天空突然下起了雨，本应立刻回家的我们却突发奇想，这样的雨天，部队大院外村子边的那条小河肯定会很好玩。一不做二不休，我们这群八九岁的孩子冒着大雨跑到了那条小河边。

小河的水清澈见底，在雨水不断地蓄积和冲击下，河面上翻起白色的浪花，水底的沙石清晰可见，五颜六色的小鱼欢快地穿梭嬉戏，激起一圈一圈的涟漪。我们欢叫着甩下鞋子，撸起裤腿就跳下了河，一时之间追逐打闹得不亦乐乎！随着大雨不停地下，河水渐渐没过我们的膝盖直抵大腿，雨水和飞溅起来的河水把我们都浇成了"落汤鸡"，可我们开心得像要起飞！

我正玩得忘乎所以，身边的小伙伴突然用手戳了我一下，顺着小伙伴惊慌的眼神望去，河边一个熟悉的身影矗立在那里。"是爸爸！"我立刻紧张了起来，慌慌张张地从水里往河边跑，我不小心一个踉跄，被河底凸出来的一颗小石子绊了一下，"扑通"一声就扑倒在水里。说时迟那时快，离我还有一段距离的您，鞋都来不及脱，就三步并作两步跑进河里，一把把我从水里捞出来！那时我已经呛了好大一口水，不停地咳嗽着，您让我赶紧低下头，不断地轻拍我的后背，直到我的呼吸恢复顺畅才停下。我不敢看您的眼睛，我知道那双以往藏着宠爱的眼睛里，此刻掺杂了疼惜和责备。

您大声呵斥着还泡在河里不知所措的小伙伴们，又把他们一个个从河里拉上来，黑着脸转身走在前面给我们带队，我们一个个像打了败仗一样垂头丧气，一路小跑跟在您后边，各回各家后免不了被家长一顿"胖揍"。长这么大从没有打过我的您，破天荒地在我屁股上打了三巴掌，让我牢牢把安全意识刻在了心里。

终于参加工作了，我觉得自己是个大人了，是时候摆脱父母的约束我行我素了。于是乎，跟着大街上的流行趋势，我开始化妆、烫发，每天把自己打扮得花枝招展。这样的状态持续了不久，在一次晚饭后，您严肃地让我坐在沙发上，郑重其事地和我谈话："闺女，你是一个刚刚离开学校踏入社会的学生，要把注意力和精气神放在学习业务上，业务精通了，能力强大了，即使你穿得朴实无华，也不会有人瞧不起你！在化妆、穿衣打扮上浪费时间，只是矫饰了外表。"我听罢羞愧地低下头。

还有一次公司扩建装修，工地上很多活儿需要我们员工去干。搬地砖、抬水泥、扛沙袋……长这么大，我哪干过这么重的体力活儿啊？终于有一天，我累得一回家就躺到沙发上，一边大声哭一边嚷嚷着要辞职不干了。您安静地坐在那里，等我哭完、发泄完，递给我一张纸巾，说："把眼泪擦干，听我对你说。你的父亲我曾是一名军人，上过战场、扛过枪，有好几次都是死里逃生。我能听说上战场有危险就撂挑子不干了？这是保家卫国，是军人的天职。你们公司扩建装修，这是为了公司更好地发展，为了企业全体员工的饭碗有保证，为了使全市人民的购物环境更舒心，生活品质得到提升，你们现在干这些活儿难道不值得吗？你再想想，你现在干这点活儿，比起我们军人在前线流血流汗、牺牲生命，又算得了什么？你要时刻记住你是军人的女儿！"您的这番话我一直记着，并鞭策着我在以后的工作和生活中任劳任怨、踏踏实实、一步一个脚印。

雨依然下着，透过迷蒙的雨丝我仿佛看到了您笑意盈盈的脸庞，泪水倏地涌上眼眶，模糊了我的视线。爸爸，您在那个大雨滂沱的夏夜离开了我，却把您的爱永远留在了我心中。无数次，我多么希望和您说说话，哪怕只有短暂的一瞬间也好啊！我喜欢夏天，我愿意沉湎于一场又一场的雨里，总试图用回忆抵达久远的有您的幸福日子里……

此刻，我只有拿起笔，把我想对您说的话写在这里，拜托这夏夜连绵不绝的雨丝为您送去我深深的思念和问候！

嫂子的小茶桌

嫂子精心布置了一张小茶桌，满心欢喜地邀我前去品茶，我欣然前往。小茶桌置于客厅一角，长方形的木质桌子原是旧餐桌，本着旧物新用的原则，嫂子精心挑选了一条色调淡雅的桌布铺在上面，恰到好处地遮盖住了木桌因岁月侵蚀而留下的斑驳痕迹。其时，阳光透过窗户洒落在茶桌上，小小的房间显得格外宁静温馨。

嫂子拉着我在茶桌前落座，开始熟练地展示起茶道。干净细巧的白瓷茶具，在嫂子的手中像艺术品一样赏心悦目。烧水、温杯、投茶、冲泡，这一系列动作，嫂子操作得自然流畅。"以前都是你泡茶给我喝，今天你尝尝我泡的茶。"

不一会儿，嫂子便将一杯飘着香气的茶端到我面前。我端起茶杯，凑近鼻尖轻轻闻着，清新的茶香瞬间俘获了我的嗅觉。轻抿一口茶汤，香气在口中慢慢散开，醇厚而甘甜。

"怎么样？"嫂子笑着看向我，目光中满是探询。我竖起大拇指，由衷地赞叹道："嫂子，真不错！没想到你还有这一手。"嫂子露出自豪的笑容："这段时间我可没少下功夫，我有了这茶席，以后也能学你，坐在这里喝喝茶，享受享受安静的时光。"我笑着点了点头。

嫂子嫁到婆家时，小叔子、小姑子兄妹三人都尚未成年，作为长嫂，她自然而然成了这个家中付出最多的人。嫂子每天起早贪黑，照顾一家人的饮食起居，从未有过一句怨言。

我结婚前，母亲特别担心我不受婆家待见，因为我从小备受父母宠爱，几乎没干过什么家务活儿。婚礼结束后嫂子来看我，拉着我的手满眼宠溺地说："霞子，以后你安心忙工作，家里的事有我和妈来干。"嫂子的话打消了母亲的顾虑，也让初为人妇的我心里暖暖的，犹如吃了一颗定心丸。嫂子言出必行，默默地承担起一大家子的家务活儿。每当我下班回到家，总能看到整洁的屋子和热气腾腾的饭菜。

我生孩子在医院待产时，嫂子第一时间赶到医院给我加油打气，整个过程嫂子一直守在产房外，剖宫产手术后的疼痛让我止不住流泪，嫂子见状，急忙温柔地劝慰我："哎呀，刚生完孩子可不能流泪，对眼睛不好呢。你现在可是当妈的人了，一定要坚强起来。"说罢，她细心地整理好床铺，让我躺得更加舒适。我住院的日子，嫂子提着精心熬制的鸡汤、炖得软糯的猪蹄汤等，为我补充营养。回到家后，嫂子和婆婆一起承担起了照顾我和宝宝的重任。她每天为我准备可口的月子餐，帮忙照顾宝宝，让我多休息以恢复体力；耐心地教我如何给宝宝洗澡、换尿布、喂奶，让我这个新妈妈逐渐适应母亲的角色。

在这个大家庭里，嫂子想得最多的总是父母长辈、兄弟姐妹和孩子们，却很少为自己考虑。大姑姐未出嫁时在纺织厂上班，经常三班倒，每到上夜班时，嫂子总是风雨无阻地去接她。有时碰上恶劣天气，大姑姐心疼嫂子，执意不让嫂子接她："以后你别来接我了，我和同事结伴回去就行。"嫂子坚决地说："那不行，你和同事不顺路，咱家那条胡同'大长长',又黑漆漆的,连个路灯都没有,我可不放心!"言语间,尽是对大姑姐的关心,却唯独忘了自己也是个女人。

对待公婆,嫂子孝敬有加。婆婆生病那几年,嫂子一直悉心照顾、陪伴左右,直到婆婆去世。前些日子,八十多岁的公公意外摔倒导致腰椎骨折,做了骨水泥填充手术。公公住院期间,嫂子不容分说地担当起日夜陪护的角色,嘱咐我不要耽误上班,只管负责好老人的餐食,其他的交给她就行。由于公公年龄太大,恢复较慢,手术后一周还躺在床上不能活动,大小便就成了问题。为了减少大小便次数,公公尽量少吃饭,平时离不开茶水,现在一天也不敢喝几口水。嫂子看在眼里,急在心里。"爸,您该吃吃、该喝喝,营养充足身体才能恢复得快,大小便不要憋,您动不了我有办法。"尽管嫂子说得言辞恳切,可公公在嫂子面前还是放不开。躺在床上久了不活动,导致便秘解不出来,公公的肚子胀得特别难受。嫂子情急之下,戴上一次性手套就要给公公抠,公公立马红了脸,无论如何都不让嫂子动手。嫂子不理会公公的推拒,把他的身子翻向一侧,把裤子褪到露出屁股就动手替公公抠起大便，公公背对着嫂子，感动得老泪纵横。

我去探望公公，说起这件事来，嫂子却一点儿也不在意。我很钦佩嫂子的孝心，也很庆幸嫁入婆家能遇见这么好的妯娌。

随着孩子们慢慢长大成人，纷纷离开家独立生活，嫂子的生活一下子失去了重心。工作之余，家庭聚会时，我都会拉着嫂子一起喝茶聊天。

不久之后，嫂子突然检查出多发性子宫肌瘤，只得手术将子宫切除了三分之二。后来，嫂子又患上多发性甲状腺瘤，不得不再次手术。这台甲状腺瘤手术整整做了九个小时，几乎耗尽了嫂子的所有体力。当麻药渐渐消退，疼痛如潮水般一波一波袭来时，嫂子突感窒息，憋闷得喘不上气来。她咬紧牙关，挣扎着坐起身来。按医生所说，如果继续躺着，说不定一口气上不来，生命就结束了。嫂子被病痛折磨得筋疲力尽，心里依然牵挂着年迈的父母、还未成年的儿女，以及对和谐融洽大家庭的不舍。就这样，嫂子强忍着疼痛在病床上坐了整整一夜，最终成功闯过了"鬼门关"。

每当想起这段惊心动魄的经历，嫂子总是感叹：人活着实在太不容易了，一定要好好珍惜活着的每一天。此后，嫂子逐渐放下对儿女的过度担忧，把注意力放在调理身体上，陪伴大哥一起参与户外锻炼，闲暇时养养花、遛遛狗、喝喝茶，过上了悠闲的生活。

在岁月的磨砺下，嫂子渐渐老去，脸上多了皱纹，头发也泛白了。如今，孩子们都已长大成人，嫂子终于有了属于自己的时间。她精心布置的这个小茶桌，就是为自己打造的一个小天地。我真心希望这个小天地能让她放下生活的琐碎，放松地享受生活的宁静与安逸。

母　亲

　　70多岁的母亲自从学会使用智能手机，隔三岔五地发微信给我，一会儿发"中午回来吃饭吗"，一会儿发"我包的扁豆包子，来拿点回家吃吧"。每每这时，同事、朋友都非常羡慕地感叹："人到八十还是有个娘好啊！"

　　尽管我已经五十出头，但在母亲眼里依然是个孩子。其实她和我这么大的时候，已经是我们家挡风遮雨的顶梁柱了。

　　母亲年轻时，一头乌黑的长发梳成两条整齐的大辫子，一双清澈明亮的大眼睛，身材高挑、皮肤白皙，是十里八乡的"美人儿"。有这么漂亮的闺女，到姥姥家说亲的媒人简直踏破门槛。她们在姥姥家的小院里各显神通，绘声绘色向姥姥介绍那些青年们如何帅气、如何优秀。

母亲安静地坐在一边，听姥姥一板一眼地给她讲道理：幸福不仅仅看一个人的外表，最重要的是人品等。就这样，在众人眼里其貌不扬的父亲，看上去还没有母亲高的新兵，

走进了母亲的心里，也走进了母亲的生活。

成为一名军嫂，今后要走的路注定要比别人艰难，母亲和父亲成亲后聚少离

多。那时留守在家中的母亲，和公婆一大家子住在一起，两个人过起了牛郎织女般每年只能相聚一次的生活。

　　每天天刚亮，母亲就开始忙碌。她先挑起沉重的水桶，步伐稳健地往返于水井和家中把水缸打满水，接下来就是做饭，然后又悉心地喂养猪仔、打扫庭院。生产队里的活计，她总是冲在最前面，从不落后于人，仿佛有着使不完的力气，无论是繁重的农田劳作，还是琐碎的杂务，她都全力以赴。母亲性格开朗，生产队里的大姑娘小媳妇都愿意跟在她身后，与她谈天说地，分享生活中的喜怒哀乐。

　　在父亲执行任务的一年时间里，母亲仿佛化身为无所不能的超人——她要照顾老人，抚育一对女儿，还要操持家务，面对生活中的种种困难。幼小的妹妹又在这个时候得了急性肝炎住进医院，母亲急得满嘴长泡，但是她一把抹掉脸上的泪水，将我托付给部队大院的老乡家属，独自一人陪着妹妹到百公里外的县城医院治病。那个时候的艰难困苦，母亲对父亲只字未提。母亲深深懂得：丈夫是在保家卫国，她不能让他有后顾之忧。夜深人静时，疲惫的身躯终于可以稍作休息时，母亲心中对父亲的思念却如潮水般涌来，她默默地站在窗口望向远方，默默为父亲祈祷，期盼着父亲早日平安归来。

我渐渐长大，到了谈婚论嫁的年龄，母亲开始在我耳边唠叨起来：看人不能只看外表，长得好看不能当饭吃；要找一个人品好的女婿，人品好以后你才不会受委屈；等等。

我出嫁的那天，空气里弥漫着一种复杂的情愫。母亲看我的眼神一直有所躲闪，我发现她只要与我的目光一碰，泪花便在眼眶里打转，我的心悲喜交集。母亲藏在袖管里的双手竟有些颤抖，内心极力压抑着对女儿的不舍。她的嘴唇一抽一抽的，想要说些什么，却又怕一开口，伤感的情绪就会决堤！

妹妹说，当我坐上婚车离开大院后，母亲再也抑制不住对女儿的不舍，泪水像决堤的洪水，一泻而下。

我生儿子时，母亲早早赶到医院，一直在身边陪着我，鼓励着我。婆婆拿出一大堆洗好晒干的尿布，我有些不高兴，嘟囔着说："现在都用纸尿裤了，谁还用这些土里土气的破尿布。"母亲看了我一眼，轻轻拿起一块纯棉尿布，布料柔软的质地在她的手中显得舒适而熨帖，她用手指仔细地摩挲着尿布，眼里露出满意的笑容："傻闺女，纸尿裤虽然省事也时髦，但是它不透气，总捂着小孩的屁股不好，还是这旧棉布好啊,柔软又透气,他奶奶心就是细,小孩子的皮肤那么娇嫩,可得小心呵护着。"母亲一边说着,一边将尿布叠得整整齐齐,那认真的模样,仿佛在完成一项神圣的使命。听了母亲的话,我笑了,婆婆也笑了。

2005年夏天,父亲被病魔无情地夺去了生命!于我而言,仿佛晴天霹雳,骤然在我生活的天空中炸响,将原本的幸福与安宁击得粉碎。我每日深陷在丧父的痛苦中不能自拔,悲痛如影随形地压在我的身上,我常常发呆,伴着止不住的泪水。

每每这时,母亲总会温柔地把我揽在怀里,轻轻地抚摸着我,言语间不无感伤地说:"闺女,不要这么难过了,你爸爸虽然走了,但我们还要好好地生活下去啊。"此时母亲的眼神中满是慈爱和怜惜,恨不得融化掉我所有的痛苦。我知道母亲内心的悲痛,只是难以表达出来,"爸爸在天上看着我们呢,他一定希望我们坚强,希望我们好好地把日子过好……"母亲说完微微仰起头,似乎在望向遥远的天空,又像在寻找父亲的身影。"我们不能一直沉浸在悲伤里,你们已经长大了,以后也要顶天立地的,不能辜负爸爸的期望。"

　　记得父亲出殡那天，我和妹妹撕心裂肺地大哭不止，母亲一手拉着妹妹，一手拉着我，说："人活一辈子，总有意外和离别，但我们要勇敢地活下去，带着爸爸的爱，还有妈妈一直陪着你们。"看着母亲坚定的眼神，我紧紧地回握住母亲的手，感受着那份力量的传递，心中的悲痛如退潮的海水缓缓离去。而母亲给我的力量，让我寻找到了可以依靠的铜墙铁壁！

第三章　春见

温暖之光

遇见张足光是十多年前，他当时正低头在画案前专心致志地"画画"。我吃惊于那双失去了手掌的手腕，用特制的手套包裹着，艰难地夹着画笔，竟然描绘出一幅幅活色生香的牡丹图。

后来得知，一场火灾让张足光意外失去了双手，他一度消沉，后来在妻子的鼓励下重拾儿时的梦想，拿起了画笔，靠着几本绘画教材，一点一点地琢磨，一遍一遍地练习。一般人画画单手拿笔，张足光两只手都残缺，只能用手腕夹着笔，因此正常人半天能完成的画作，他至少要用三四天才能完成。

每个周末，在艺术城都能看到张足光的身影，他专心画画，一些好奇的人围着他观看，有欣赏他的画作出手购买的，但是也有颗粒无收的时候。张足光想着，不画画的时候，骑着三轮车走街串巷收废品，多少为家庭和妻子减轻一点儿生活负担。身体健康时骑三轮车是件很简单的事，可是张足光失去了双手，骑车时操控起来吃力了很多，一不留神三轮车就骑到沟里去，或者撞到路边的树上，他经常被摔得

鼻青脸肿，胳膊上、腿上青紫不断，他咬着牙忍着伤痛，终于学会了用残臂熟练地开三轮车。

随着我对张足光的了解的加深，我钦佩他不屈服于命运的精神，很想尽自己

所能帮助他。于是，通过朋友把他推荐给专业的绘画老师，把他的画作放在商场客流最多的地方展出售卖，后来又把他推荐给社会各界爱心人士，让更多的人来关心他、帮助他，张足光的生活得以改善，相对安稳下来。

"屋漏偏遭连夜雨，麻绳专挑细处断"，不久之后，命运又无情地给了张足光当头一棒——他一连多日呕吐，全身浮肿伴有胸闷，拖了几天后家人把他送往医院，最后被确诊为尿毒症！这无异于晴天霹雳般的噩耗，让张足光陷入了绝望。治疗尿毒症最好的办法就是换肾或者透析，可是这个家庭本来就不富裕，如何负担得起天价的治疗费用？妻子坚定地表示，砸锅卖铁也要给他治病。

随着病情的发展，高昂的透析费用很快让张足光一贫如洗，他又一次想要放弃治疗。这时，一直很关心张足光的爱心人士曹芍芬老师把这个情况告诉了我，我向丁洪亮董事长作了如实汇报，丁董立即特批了救助款，并且让我马上送到张足光家里。面对张足光一家充满感激的目光，我想，以后透析的日子还长，只靠社会捐助解决透析费用远远不够，而且这一笔笔的捐助款，带给张足光帮助的同时，其实也是一份份沉甸甸的压力。

一天早晨，我在上班路上发现路边不知什么时候停了一辆早餐车，一对小夫妻正在忙着给早起上班的人们做早餐。我心里突然有了主意，我想向有关部门为张足光夫妇争取一辆早餐车，部门领导很赞同，并亲自给生产餐车的企业打去电话，以最快的速度为张足光夫妇订购了一辆早餐车。有了这辆早餐车，张足光夫妇可以通过自己的劳动，有尊严地解决生活所需和透析费用。

这期间，很多人都在关注着张足光。好友合萍听说后，问我要了张足光的联系方式，专门驱车赶到张足光家，采写了题为《拂晓之光》的一篇文章发表在媒体上，希望通过媒体的宣传和帮助，引起社会爱心人士的关注。令人遗憾的是，张足光残缺赢弱的生命，在经受了五年的病魔折磨后，最终画上了句号。

过了一段时间，我想着去看望一下张足光的妻子杨栋花。熟悉的路口依旧车来人往，颜色鲜亮的黄色餐车里有身影在忙碌着。隔着一段距离，恍惚中我好像看到张足光和杨栋花笑吟吟地在餐车里迎来送往地忙碌。

待我停下车走近，餐车里只有杨栋花一人。"杨姐——"我不无伤感地低声招呼她，杨栋花抬头看到我，眼里涌上惊喜，扔下手里的活计就从车里跑出来，紧紧拉着我的手，眼泪却不知不觉涌出眼眶。我赶忙扶着她的肩膀安慰道："别伤心！一切……都会好起来的。"她使劲点着头，清瘦的脸上露出浅淡却坚定的笑容。

我很佩服杨栋花大姐，在家庭屡遭变故的情况下，一个柔弱的女性能够内心坚定地十几年如一日照顾身体残疾又患重病的丈夫。张足光失去双手后，一时之间陷入自责和绝望，是杨栋花不断地鼓励和支持，才让他重拾生活的信心。后来张足光重拾画笔，她又全力支持，希望丈夫在画画时忘掉伤痛，让生活丰富充实起来。妻子温柔的目光里，丈夫凭借着绘画天赋，用两只"肉锤"夹着画笔艰难作画，渐渐成为远近闻名的残疾农民画家。2013年，他的绘画作品在诸城市残疾人职业技能竞赛中获绘画类一等奖，牡丹图《富贵吉祥》在2016年潍坊市第四届残疾人书画作品展中荣获第一名。

命运把杨栋花推向了苦难，她依然积极乐观地守着这个贫寒之家。她坚韧的性格，给了儿子很好的影响，2015年，杨栋花决定送儿子参军入伍，成为一名光荣的解放军战士。当兵八年以来，儿子一直努力上进，不仅当上了班长，还多次荣获"红旗车驾驶员""优秀学员"和"四有"优秀士兵等荣誉称号。

每天凌晨，杨栋花开着电动汽车拉着病弱的丈夫，早早地赶到摊位，为忙碌的人们准备健康便捷的早餐，也为自己赚取微薄的收入来支撑这个家庭。她坚持用最新鲜的食材和最惠民的价格，为附近的居民提供最可口的早餐。她起早贪黑，日复一日，凭借着一辆早餐车，用勤劳的双手和热情的服务态度为自己赢得了良好的口碑，收入慢慢积零为整，除去一家人的生活费用，也承担起丈夫一笔一笔的透析的费用。

张足光去世后，她悲痛不已。但是为了让儿子在军营放心，同时也为了让帮助和支持她的大家安心，杨栋花很快重整旗鼓。她明白自己必须好好地生活下去，用自己的一双手去偿还为丈夫治病欠下的债务，坚强活着，为儿子守护好这个家！

杨栋花一个人重新走进餐车，走进这个昔日盛满两个人相伴时的欢笑和勤劳汗水的餐车，继续经营一个人的餐车。

她对我说："命运虽然给了我一次又一次沉重的打击，但是我有一个好儿子，我有大家的帮助和关怀，我相信只要心里有爱，眼里就会有光，未来总会有希望。"

告别杨栋花，回头再看她忙碌的身影和静静地停在路口的黄色餐车，阳光笼罩下，空气里升腾起暖意，我知道大姐的坚强和乐观感染了我。

中医世家

初识张健，是在红姐组织的一次活动中。张健与红姐既是同学也是同事，他们都在市中医院的眼科工作。

初次相识，我们都没有深入了解，只能勉强说是一面之缘吧，也因为我与他并没有交集，就没有刻意去了解他。对于张健的印象，都是来自红姐的描述。

之后不久，妹妹家刚四岁的小外甥检查出眼睛近视加弱视，妹妹很是着急。她了解了很多医院，最后大家都一致说诸城中医院的眼科最权威。

妹妹问我医院里有没有熟人，我一下子想到了张健，可毕竟只有一面之缘，贸然给他打电话，合适吗？再说，他会不会尽力而为？我犹豫再三之后，还是拨通了他的电话，说明情况后，张健直接告诉我："明天上午八点半，带着孩子到医院找我。"

"明天不是周末吗？您……"我很怕给他添麻烦。

"没事，您来就行。"张健回答得很干脆。

第二天一早，我和妹妹带着外甥到医院时，张健早已在眼科诊室等着我们。他把我们带到眼科主任孙洪然的面前，介绍说孙主任是全省乃至全国眼科业内有名的专家，把孩子交给他，就放心吧。

整个检查过程，将近一个半小时，张健全程陪同，检查结束后，孙主任根据结果制定了详细的治疗方案，在这期间张健也会参与并发表一下自己的想法。

制定完治疗方案之后，孙主任对我说："张健本身就是一名非常出色的眼科医生，有很高的专业水平，他让我给看，足见他对你们的重视程度。"

我感激地对张健点点头，心里油然升起一股暖流。

这事过去不久，我却听说张健离开了眼科，去了父亲所在的中医科，我心里一直纳闷不已，从那次带外甥去诊治，能看出他对眼科的热爱，并且孙主任也一再介绍，张健在眼科已是小有建树，为什么他会离开眼科，从头再来呢？

这个疑问一直盘桓在我心里，想问他，却又感觉交浅言深，直到再次见到他，才解开了这个疑团。

那是个草木凋零的深秋，还是红姐再次把我们约到一起。

许久未见，张健苍老了不少。未及我开口，大家已经你一言我一语地说起了这事，我也从中知道了事情的缘由。

前段时间，张健的妻子去世了。妻子是他在医院见习时的同道中人，对中医事业非常热爱，当时妻子跟张健的父亲张绪培学习中医。张绪培是中医院的创建人之一，也是我市非常有名望的中医专家，他高超的中医技术造福了很多患者。

张绪培看到儿媳对中医有极高的悟性，就把她定为自己的传承人。妻子在老人的精心指导和培养下，很快成为一名有口皆碑的主治中医师，得到了院领导和广大患者的认可。

夫妻二人志同道合，又有老人的提携和栽培，生活事业可谓幸福如意。可是，就在他们的事业如日中天之时，妻子却意外罹患了癌症。

那是2007年的秋天，妻子突感不适，经检查确诊患上了一种少见的胃癌，并且已经腹膜腔转移。医生明确告诉张健，已经错过了最佳手术时机。面对这样的结果，张健如坠深渊。

他们夫妻二人苦苦地支撑了一年的时间，2008年的中秋节，在那个举家团圆的节日里，妻子带着对未竟事业的热爱，带着对子女的牵挂，离开了她挚爱的亲人。

妻子的离世，很长一段时间让张健萎靡不振、无法自拔，消沉了很长的一段时间后，张健幡然醒悟。他的消沉，不仅仅是他一个人的事，因为他不止一次地看到白发苍苍的父亲在深夜里独自叹息。这叹息里有对他的担忧，对精心栽培的儿媳去世的疼惜，更多的则是对医院中医事业后继无人的无望。

张健努力让自己从悲痛中走出来，在那段时间之后，院领导多次找到张健，提出让张健放弃眼科，转而跟他父亲学习中医。

眼科，那是张健倾注了十多年心血的地方，并且，他在业内已是小有名气，可是看着院领导殷切的目光，他几番斟酌之后，决定放弃自己钟爱的专业，到中医门诊跟着父亲学习，把父亲的学术经验和妻子所热爱的中医事业传承发扬下去。

由西医转中医，步入一个陌生且崭新的专业领域，困难和挑战是可想而知的。可是父亲语重心长的话语成了张健不断攻克中医工作的原动力："在中医临床实践里，遇到疑难杂症，要像刨树坑一样，这里刨不动了，换个角度再去刨。只要掌握了中医理论的精髓，遇到从来没见过、没学过的疾病，也可以从中找出规律，找到合适的方法来治疗。"

张健克服了种种心理障碍，度过了艰难的适应期，终于重拾信心，并且在中医临床工作中，经过长期实践摸索出一套中西医结合的治疗风湿病、眼病的理论与经验。

现在的张健，已经被潍坊市卫健委确定为优秀中医学科骨干、诸城市首届名中医，担任我市的中医药预防保健服务中心主任，是潍坊市中西结合协会风湿专业委员会和中医药协会治未病养生康复专业委员会的副主委，还是山东省中医药高等专科学校外聘副教授。

每每谈到中医方面的专业知识，满脸沧桑的张健，眼里顿时有了光芒，他说："中医承载着中国人民同疾病作斗争的宝贵经验和理论知识，通过长期医疗实践逐步形成并发展成的医学理论体系。它是中国文化中不可或缺的宝贵财富，将中医传承下去，是我们这一代人义不容辞的责任和义务。"

张健是这样想的，更是这样做的。作为一个中医家庭，特别是妻子去世后，他有意识地培养孩子对中医的兴趣和认识，女儿高考那年，张健将她学习中医得天独厚的条件和其他学科特点一一列举出来，懂事的女儿主动报考了山东中医药大学。每逢学校寒暑假时，女儿就主动到医院见习并跟随爷爷坐诊，那股认真执着的劲儿，真有当年她妈妈的影子。女儿大学毕业后，就应聘回到市中医院中医门诊，真真正正接起了妈妈未跑完的接力棒。

听完大家的叙述，我的眼眶湿润了，一个场景在我的脑海里由模糊逐渐变得清晰：在市中医院偌大的中医诊室里，熙熙攘攘的患者围绕着鹤发童颜的爷爷，笑意盈盈的儿子、儿媳，以及青春蓬勃的孙子、孙女……

小欢喜

因为有"洁癖"的缘故，我不喜欢养猫！儿子却很喜欢，一直嚷嚷着要养一只。爱子心切，闲暇时我便跟周围的朋友聊起，让他们帮我留意一下。

不几天，同事发来几张小猫的照片，几只憨态可掬、萌萌的、一眼看上去就很可爱的小猫跃然眼前。同事说这是他朋友家刚生的小猫，是品种名贵的英国蓝猫。我看着视频中可爱的小猫，好像要冲出画面向我走来的样子，心中顿起柔软，我决定马上给儿子领养一只。

翌日上午，天气很好，我踏着轻快的步子去接蓝猫。一位神情平和的男子早就等在路边了，我停下车，猫主人马上抱过来一个小巧的纸盒。

这么小的纸盒，猫在里面？我满心狐疑地打开纸盒，简直不敢相信自己的眼睛：纸盒里的小猫小到只手可握，正好奇地探出小小的脑袋，圆圆的身子，黄黄的眼睛，黑黑的瞳孔，蓝灰色的绒毛，毛短而密，竖着一对花瓣一样的小耳朵，眨着一双警觉的小眼睛，好像什么动静都逃不过它的关注。

"好可爱，好漂亮啊！"我忍不住连声夸赞。

男子笑笑，很平和地说："喜欢就好！"

何止喜欢？这个小家伙可爱的样子简直要把我的心萌化了！这一刻的心情，就是妥妥的"忽生欢喜"呀，我在心里已经给它起好了名字，就叫小欢喜。

小欢喜刚出满月，初到我家时，面对这陌生的环境，它十分胆怯，缩头缩脑怕生的样子。这么小离开猫妈妈，它可怜的样儿，让为母亲的我生出千般怜惜。儿子高兴地给小欢喜精心装扮新家，猫舍、猫砂、猫粮、逗猫神器，包括羊奶粉、肉罐头，真是一应俱全、应有尽有……

只两三天工夫，小欢喜就适应了新家的环境，给我带来接二连三的惊喜和无奈。儿子给小欢喜买的猫舍是一个配套齐全的"复式"楼，看着小欢喜在这个偌大的楼里来回走动，我怀疑它是否能够上得去二层。小欢喜瞪着大大的眼睛，"骨碌、骨碌"地转来转去，跃跃欲试，走平衡木似的站在一层猫窝的边沿上，高度慢慢上提，然后它试探性地直起身子往上一跃，经过几次失败，小欢喜把两只前爪搭在二楼的边沿上，然后利用还没有剪掉的长长的指甲勾住边沿，使劲往上攀爬，几番努力之后终于成功了！几天工夫，小欢喜就生龙活虎地楼下楼上活动，攀爬跳跃、行动自如了。

小欢喜太好动了，为了防止它满屋乱窜，上班前我把它放在儿子的房间里，暂时性限制它的自由。有一天，我下班回家，打开儿子的房门一看，小欢喜竟然舒适地躺在儿子的床上。这个小家伙真是一天长一个本事，竟然能睡在儿子床上。我的"洁癖"让我对人猫一床十分抵触，再三呵斥驱赶小欢喜下去，无奈它就是赖着不动，一副撒娇卖萌，看你能奈我何的样子，气得我哭笑不得。最后我只能叹一口气，做出让步。从此以后，儿子的大床就变成了小欢喜玩耍和休息的安乐窝。

小欢喜很顽皮，它最喜欢玩猫舍上方垂下来的一个白色绒毛球。小欢喜没事就躺在软乎乎的小窝里，四个爪子朝天灵活地玩弄着毛球，玩上十分八分钟都不在腻的，直到把毛球拽下来为止。

小欢喜的胆子越来越大，不久就把我先生养的二十几盆兰花弄得一片狼藉，它高兴了就在花盆之间和兰花玩游戏。长长的兰花叶子被它用牙咬成断枝残叶，花盆里的花土也被它那灵巧的小爪子扒拉得满地都是，先生最珍爱的一盆有十几年树龄的小叶紫檀也难逃厄运！就连陶盆里碧绿茂盛的铜钱草都被它连根拔起，每次我发现被它践踏过的花木"惨败"的样子，我生气得恨不得马上把它提溜起来扔到楼下去，这时候它总会用那双大大的眼睛无辜地看着我，清澈的眼神瞬间把我的心融化了，我扬起的手掌轻轻落在小欢喜柔软的身上，变成了温柔的抚摸。

向来"淑女范儿"的我，从没想到有一天会沦为"铲屎官"！儿子白天忙于上班顾不上收拾，为了保持卫生，我只能敛息屏气，戴上口罩和手套清理小欢喜的猫砂盆。刚开始，猫屎屎的味道简直辣眼睛！我转过脸，眼睛不敢直视，快速铲完后用香皂洗几遍手。一回、二回、三回后，慢慢地我竟然闻不到猫屎刺鼻的气味了，并且把全副武装扔到一边，乐此不疲地当起了"铲屎官"。

我也享受着小欢喜给我带来的快乐。下班刚一到家，小欢喜就会兴奋地扑过来，"喵喵"地叫着，像一个孩子迎接多日不见的妈妈一般撒着娇。我蹲下身，把小欢喜抱在怀里，轻轻地抚摸着，它乖乖地把头贴在我的胸前，发出"咕噜咕噜"的声音，好像在说："妈妈我爱你。"

春　见

立春日，窗台上的蝴蝶兰盛开得灿烂，酝酿了三四月之久的石斛兰悄然绽放，年前从朋友处讨要的墨兰也窜出了几个芽苞……透过窗户放眼望去，花园里两株修剪成"心"型的迎春花迎风而立，枝条从根到梢、从粗到细，一条条弧线生机盎然，缀满密密麻麻、含苞欲放的花蕾。再过两三月，紫藤、芍药、木槿、紫薇将次第开放，届时花香满园、蜂飞蝶舞的，想想真是开心无比。

立春日，子筠邀我和红姐去她家"咬春"，平淡如水的日子，偶尔来点仪式感，我心底是欢喜又期待。

子筠的小家在西郊"璞园"。一进大门，白墙灰瓦的三层立体式影壁墙就把我带入江南园林的遐想中。院子的风格和子筠夫妇相得益彰，有艺术品位。子筠的丈夫孙老师是一位书画家，没想到在我印象里本该研墨执笔的手竟然也会挥铲颠勺，且熟稔有余。看到我惊奇的目光，子筠认真地说："相比于作画，我家先生更擅长烹饪。毕竟，不会做饭的艺术家不是好老公嘛。"红姐见我信了，笑着拍了一下子筠："这孩子真能乱讲，你看你霞姨真信了……"

不多时，一盘盘带有春天气息的菜蔬端上了桌，从南到北的口味一应俱全：香椿、青红萝卜、花生苗、六合菜、京酱肉丝、扁豆丝、红烧羊肉、川粤香肠，当然也少不了葱丝和甜面酱的鼎力相助——所有菜品最终都被卷进子筠亲自烙的春饼里面，才是"咬春"仪式的正式开始。

三四个春饼下肚，端起孙老师画制的酒盏，我兴致盎然地提议效仿古人传"飞花令"助兴，众人拍手称好。子筠看了看满桌的菜肴，脱口而出："春日春盘细生菜，忽忆两京梅发时。"孙老师看看子筠笑吟道："韭苗香煮饼，野老不知春。"我扭头看了看书桌旁那棵挺拔的翠竹，想起张九龄的那句："玉润窗前竹，花繁院里梅。"赞扬声中红姐吟道："从此雪消风自软，梅花合让柳条新。"毅大哥站起来慢条斯理地走了两步，沉思片刻说："舍南舍北皆春水，但见群鸥日日来。花径不曾缘客扫，蓬门今始为君开。"话音未落大家齐声叫好，子筠高兴地说："这首诗道出了我们夫妻的心声，我家第一次设宴，邀请大家一起迎春、赏春、'咬春'，真让我家蓬荜生辉，开心开心……"

酒足饭饱，子筠拉着我和红姐来到她的小茶室。茶室虽小却雅致，一席茶台清新简约，器具有序地摆在博古架上，旁边几案上的青花瓷瓶里，斜斜地插着一枝梅花，满室花香。阳台上挂着鸟笼，里

面叽叽喳喳唤作"橙子"的鸟儿，据说特别喜欢立在人头顶之上。记得有人这样说过：若寻得一雅室，便可"一日当两日"，生命的宽度和厚度，便于无形之中得到延伸，子筠的雅室就有这样的力量。

子筠坐定，神神秘秘地说，今天要请我们品茗她珍藏多年的"男朋友"和"女朋友"。我和红姐的好奇心一下子被钓起来，能得到子筠这位资深茶客青睐的茶，难得一见。子筠拿出两款包装精美的茶笑着问："你俩先品哪款？""男朋友！"我和红姐竟异口同声，把子筠笑得前仰后合。

"男朋友"是一款2012年的大红袍，是制茶大师手工精制的上好岩茶，好茶配好器，泡茶的细瓷盖碗选的孙老师的作品。子筠端坐茶席娴熟地操作起来，温杯、摇香、洗茶、开泡，出汤后我端起茶杯先嗅其香、再品其味，茶汤入口，顺着舌头两侧慢慢入喉，吞咽间香气馥郁，再品时一股似兰非兰、似果非果的味道在唇齿间流溢，看似叶片粗大平常的一款茶，慢慢品来，滋味越发醇厚，不愧为"男朋友"。

从来佳茗似佳人，子筠口里的"女朋友"是2013年的流香涧水仙，存放五年后提香复焙。子筠用沸水高冲，初泡较淡甜而柔和，仿佛初相遇时有几分羞涩的女子，有恰好的距离感。二泡、三泡方入佳境，茶香渐渐显露出来，汤色橙红透亮，茶汤入口层次感极佳，舌尖、舌面、舌侧、舌根、喉咙都来了一番畅快地享受。"女朋友"口感馥郁、高香锐不可当，回甘中带有暖色调，恰似年纪最好的女人，既有女孩的天真，亦有成熟女子的通透，不由得让人一见倾心。

在我看来，有好茶喝是福气。但是寻常的粗茶，如果恰到好处地冲泡品茗，佐以愉悦的心情，亲人好友在侧，亦如"金风玉露一相逢，便胜却人间无数"。

日光渐暖，我们已意兴阑珊，告别子筠夫妻时，大家相约，下一个春日见。

我家"小暖男"

2022年冬天，儿子发烧，一烧就是6天。

那段日子，我一日三餐端到他房门前。虽然同居一室，但是他在屋内我在屋外，只隔着一扇门却不能照面！为娘的我心急如焚，却爱莫能助。高烧阶段，他烧得浑身疼痛，也是他自己在房间里硬生生地挺过来的。

一个屋檐下生活，无论怎么注意也难逃病毒肆虐下的交叉感染。八十多岁的爷爷和我们两口子，在儿子感染之后也相继中招躺下了。

全家都卧病在床，怎么办？这个时候，我家满血复活的小男子汉挺立起来了。他自己还未完全恢复，每天楼上楼下地跑个不停，为我们三个长辈服务。

爷爷是个"老小孩"，感觉难受了就任性起来：不吃饭也不吃药。儿子特别耐心，会千方百计连哄带骗地让爷爷乖乖地吃饭吃药，爷爷再拗，也抵御不了他宝贝孙子那张甜蜜的巧嘴。每天早中晚三次，儿子会雷打不动地给爷爷量体温和血压，随时监护好他的宝贝爷爷。

儿子遗传了爷爷家的优良基因，做饭特别好吃。"妈咪，今天中午想吃啥？"我烧得迷迷糊糊中，被儿子甜到发腻又不失幽默的腔调唤醒。

"红烧土豆吧。"

"得嘞……"

中午刚到饭点，一盘香气四溢的红烧土豆就摆在我卧室的小饭桌上了。过油炸到金黄的土豆块，加蚝油和生抽红烧，色泽红亮、滋味浓郁、口感软糯，配上一碗清淡的西红柿鸡蛋汤，本来没有胃口的我，瞬间被儿子精心烹制的美味诱惑，忍不住津津有味地吃了起来。这一刻，我唇齿留香、味蕾满足，一次次咀嚼吞咽间幸福的满足感充溢了全身。

别看儿子已经是二十出头的大小伙子，有时却很"黏人"。我逃无可逃地也发起烧之后，他紧绷的神经瞬间放松了！隔一会儿就跑进我房间，一会儿又趴在门边上，探过半个身子来，妈妈长妈妈短地逗我，让我开心不已。看着他几天没刮胡子，略显憔悴又不失俊俏的脸庞，我心里一阵心疼——这小子平时爱臭美，啥时候这么邋遢过呢？

孟子曰，"惟孝顺父母，可以解忧"，从儿子身上我感悟到了很多。乌鸦反哺、羊羔跪乳，世上最美的心是"孝心"，它会代代相传、温暖人间！

邂　逅

立春后天气依然寒冷，吃完早餐我半躺在酒店的床上，准备稍事休息后再去上课，床头柜上的手机突然进来了一条信息——

"小妹您好！早上我看朋友圈，知道您来S城了。中午方便请您吃个饭吗？"发信人是张姐，隐约记得应该是半年前在诸城市认识的。

那是个盛夏的中午，领导让我一起参加个饭局，邀请了好友一家三口。席间了解这一家三口着实让人羡慕：夫妇俩均毕业于名校，都在体制内，丈夫在本地工作，妻子张姐在S城工作。虽然分居两地但相敬如宾，儿子高大帅气，正在一所名校读研。

初次见面，就给我留下了很好的印象，我们相互留了联系方式，从此再无音信，今天张姐突然来电，让我不由得愣了一下……

我赶紧给张姐打过电话去，告诉她我参加学习班的行程安排，上午的课程安排得很满，午餐后，下午接着去主办方的几个实体店参观学习，可能时间太紧，不能接受她的盛情邀约了。张姐听后语气有些失落，不无遗憾地说："你的工作安排得很紧，我非常理解，只是上次见面后我一直关注您的朋友圈，你是怎么在繁忙的工作中平衡家庭和事业的？我真的很好奇。这次看您到S城了，我很高兴，终于有一个面对面交流的好机会……"

张姐一番话让我很是感动，真没想到自己会被她这样一位高知女性关注。我思索片刻，马上给自己的安排做了一个临时调整——为了节省时间，邀请她来我所在的培训场地共进午餐。不多时，张姐就匆匆忙忙地来了，她依然是一头干练的短发，脸上洋溢着热情和喜悦。我俩还没坐下，张姐迫不及待地打开话匣子："我真的特别欣赏你，你看你工作如此繁忙，上有老下有小，大家都是人到中年，你还能保持这份从容和优雅，甚至还有自己的兴趣和爱好。"

迎着她真诚的目光，我笑了笑："姐，你比我大两岁，在我眼里你家庭事业双丰收，孩子还那么优秀，妥妥的幸福之家。"

"不瞒你说，我们工作很顺利，孩子也争气，但是人到中年后和丈夫分居两地，孩子远离家乡，我一个人守着一个家，经常觉得孤独，感觉到了这个年纪生活越来越枯燥。"

"张姐，我常常在想，什么才算是人生真正的富足？您看啊，您的先生和儿子平时都不在身边，您一定学会爱自己！首先要保证一日三餐要有可口的饭菜，不要敷衍自己；安心充足的睡眠对我们女性而言也特别重要，每天晚上睡觉时不要胡思乱想，可以燃上一炷沉香，放上一曲舒缓的音乐，让自己静下心来，最好再有一份自己喜欢的业余爱好，我觉得到了我们这个年龄，爱好会在琐碎的生活中让我们的压力得到释放，疲惫的'灵魂'能够得以抚慰。

"在这个物欲横流的时代，大部分人的生活都非常艰辛，身上的重担会压得我们喘不过气来。尤其作为女人，我们要扮演女儿、妻子、母亲的角色，在外还承担社会责任。说实话，面对家庭角色和工作重压，我也是苦苦挣扎，幸运的是我找到了自己可以疗愈解压的爱好！我会忙里偷闲，给自己安置一方静谧的小天地，喝喝茶、读读书，享受茶香和书韵相互交融的美好，或放空自己，欣赏一朵小花的绽放、一阵轻柔的微风。"

张姐很专注地听我说着，她的眼睛里不时地迸发出兴奋的光彩。一个多小时的时间很快过去了，桌上的饭菜她几乎没动。同为职场女性，在现实生活中，很多时候，很多事情并不以我们的喜好为转移，我们都想把事业和家庭同时经营好！张姐在自己的事业上付出了很多，因为工作性质的原因，她需要时刻谨言慎行，把握好工作和生活的分寸，保持好人际关系。张姐在自己的工作领域里做得很好，但我知道这"很好"的背后，她也失去了许多，比如亲情和友情。

再次见到张姐，她的脸上多了自信和开朗的笑容。微信上也经常看见，她在朋友圈展示她寻找到的心灵寄托和个人爱好。

小麻烦

前不久，给儿子领养了一只小猫。它到我家不久，可可爱爱的样子就让我心生欢喜。怀着雀跃的心情，我给它写了一篇文章。小欢喜的到来，给我们这个一向平静安稳的家庭注入了很多新鲜活力。

随着小欢喜对我家陌生感的消除，对每一个家庭成员越来越熟稔，它调皮捣蛋的程度简直可以说是肆无忌惮了。

"妈！妈……我的袜子呢？"一大早，儿子在他的卧室里大声呼喊着，这已经是近一个小时里他第三次喊我了，前两次分别是一只拖鞋和一只蓝牙耳机找不到了。

"找你的猫要去！"我正忙着，儿子一声接一声的呼喊，让更年期莫名火大的我"火苗"直往头顶蹿！

果然，袜子、拖鞋、耳机被儿子用长棍子从床底下一一掏了出来。小猫的下场就是被儿子没好气地摁在桌子上，抚摸着头"教训"了半天。教训的结果就是：儿子的东西依然毫无意外的经常找不到，儿子气恼，小欢喜则一副无辜的样子，拿小爪子挠挠这里、挠挠那里，装呆卖萌地看着儿子。次数多了，儿子的房间里常备一根木棍，以备寻找他"丢失"的东西。

我下班刚进门，屁股还没坐定，八十岁的爷爷就开始"控诉"：沙发被猫用爪子挠的大面积"受伤"，令一向爱物惜财的爷爷心疼不已；他最喜爱的那条金鱼，已经被小猫凶神恶煞地盯了好几天了，爷爷一刻也不敢放松警惕，生怕一个不留神，鱼就成了猫的美食。

老公买来两只蝈蝈，分别装在两个精致的竹笼里。小猫像发现了新大陆一般，盯着竹笼，不转眼珠，吓得老公赶紧把蝈蝈笼高高地放在书桌的收藏架上，才敢放心地下楼做饭。我更不敢怠慢，抓耳挠腮地想办法转移小猫的注意力。看小猫实在觊觎正在收藏架上此起彼伏欢叫的两只蝈蝈，我干脆把小猫抱下楼去，让它眼不见蝈蝈，不惦记这档子事。谁知我刚一下楼，小猫"噌"一下子从我怀里跳下来，一个转身又蹿到楼上去了。这还得了？我赶紧撒腿往楼上追，上了楼一看，好险啊，小猫已爬到书桌收藏架的第二层，离蝈蝈笼子只有一步之遥。

我赶紧一把抄起它再次抱下楼，但是小猫似乎和我杠上了，你抱下来，我再蹿上去，你再抱下来，我再蹿上去，这样来回折腾了三四次，我已经被它折腾得筋疲力尽，于是火冒三丈，使劲抓过小猫，顺手就把它关在了北向的小储藏间，让你这么调皮捣蛋，在小屋里面壁思过去吧！

我一向有"洁癖"，却也早已经屈尊成为这只小猫的"铲屎官"。一日三次清洁猫砂，成了我日常必不可少的义务劳动。最让我不能容忍的是：你专心致志地"铲屎"，它蹲在旁边目不转睛地监督，你刚清理得干干净净，站起身来准备舒口气的时候，它已经"嗖"地钻进猫砂盆里再次将"屎尿"奉献给你。

家里两层楼的空间，小猫的影子无处不在。仅剩下睡觉的床是我唯一坚守和不让小猫侵占的领地，也是我为自己的

"洁癖"仅存的一点点底线。小猫偏偏喜欢挑战我，总是挑我看不到的时候偷袭我的床，在它锋利的小爪子抓挠下，我最珍爱的那床天丝床单已是伤痕累累、惨不忍睹。我气极，疯一样地追赶它，机灵的小猫好像对我早有了防备，"哧溜"一声像耗子一样迅速地钻进了电视柜底下，让你看也看不到、打也打不着，我气得眼前"噌噌"冒"火星"，也只能无奈地拿着鸡毛掸子站在那里摇头叹气。

小猫和我比耐性，一直熬得我气消了大半，丢盔弃甲坐在凳子上歇息，它才鬼头鬼脑地从柜子底下探出头来，看看我就缩进头去，再探出头来看看我再缩进去，直到我没有气力和它对抗，对它的试探视若无睹。这时，它才慢腾腾地从电视柜底下钻出来，试探性地一步步靠近我，看我不再生气，它就完全释放了自己，踱着方步来到我的脚边蹭来蹭去，以示友好。此时的我，哪还气恼得起来啊？

老公近两年精心培育的二十多盆兰花，其中一盆最近好不容易长出了一枝花箭，老公欣喜不已！天天仔细观察、细心呵护，在他的日夜期盼下，狭长的花箭上终于长出了三四个花苞，鼓鼓胀胀的样子让人满怀期待！不知道什么时候，这盆兰花被小猫死死地盯上了。我们下楼吃晚饭的时候，小猫没和往常一样守在饭桌旁等着我们赏"肉肉"吃，老公正在纳闷猫去哪里了，刚扒了几口饭，他突然明白过来，大叫一声"不好"，扔下筷子就往楼上跑，随后只听见楼上一声惊天动地的喊叫，我也赶紧扔下筷子跑上楼去。

只见老公脸色铁青，那枝他当宝贝一样精心呵护着的花箭，此刻还不失鲜嫩地躺在地上，不用问，这肯定是小猫作的"业"。再看闯下大祸的小猫，早就怯生生地躲在了凳子底下……我蹲下身子把小猫抱起来，它冲我"喵喵"叫着，做错事委屈巴巴寻求庇护的样子。我的心一软，把它紧紧抱在怀里，一边装腔作势地假意呵斥着小猫，一边对老公说："别生气了，这花你已经培育出来就算成功了，后面还会再长的。猫太小不懂事，我已经批评教育它了，你看它吓得不轻，再也不敢了。"老公余怒未消，用手指了指猫，又指了指我，无奈地摇摇头，又长长地叹了一口气。

某天清晨，还在蒙着被子熟睡的我，突然被一阵阵"咕噜噜、咕噜噜"的声音弄醒了，睁开睡意蒙眬的眼睛闻声寻去，在我的被子边上，小猫正弓着身子把头拱在被子里，两只前爪还一蹬一蹬的，喉咙里不停地发出"咕噜咕噜"的声音。我惊诧不已，心想：小猫这是咋了？哪里不舒服了吗？我赶紧起身把小猫抱在怀里，一边轻轻抚摸着它的小脑袋，一边大声喊着儿子。

儿子听到我的询问后大笑不已："妈妈，你简直是猫盲，对猫的习性看来是一点都不了解啊。"看到我一脸懵的样子，儿子耐心地给我科普起来——原来小猫离开妈妈，特别怀念妈妈的时候，就会找个柔软的地方用两只前脚在那里一蹬一蹬地"踩奶"。小猫"踩奶"的时候一般会表现出很满足、很陶醉的表情，还会发出满意的"咕噜"声。在喜欢的人身上"踩奶"，是猫咪表达爱的最高级的一种方式。我第一次听说小猫"踩奶"，还是在我的被子上，我那颗老母亲的心一下子被感动到了！我全然不顾被小猫"踩奶"吮湿的被子，爱怜地把它抱在怀里，让它好好地感受这世间相通的"母爱"。

自从领养小猫，它给我们带来了无尽的欢喜，也惹下了数不清的小麻烦。可是，这都是多么可爱的小麻烦啊！

第四章　山中寻幽

云和小院

朋友工作了近三十年，却在"知天命"之年，又一次面临工作岗位的变换，曾经付出的努力和取得的成绩都已经成为过往。很长一段时间，他沉浸在失落、迷茫、困惑中。

习惯了忙忙碌碌的生活节奏，突然闲下来，竟然有些无所适从，只能靠读书习字打发时间。有一日，读书时，忽然有一首小诗映入他的眼帘："想在山间有亩田，种花种草种清闲。小酌秋月观云舞，醉卧春风听雨眠。"

"有亩田""种清闲"，这不就是自己所向往的田园生活吗？远离世间的喧嚣，在清幽的小院里种喜欢的花花草草，闲来读读书、写写字，再约三两好友品品茶。想到这里，朋友豁然开朗，既然以前的种种皆已成为过往，不能重新来过，又何必纠结于过去，为什么不积蓄新的力量，开启新的生活？顿时，友浑身似乎充满了力量，他知道，那是对新生活的向往，他预感到自己的生活即将开启新的篇章，沉积在内心的块垒也云消雾散。

心动即行动，他立即发动身边好友，为自己寻找一处合适的院子，不需要有多么奢华，只需让他浮躁的心能够安静下来。

不几日，便有好友回信，说在不远的郊外有一处小院，虽有些荒芜，若用心打理，还是别有一番意境的。按捺不住内心的激动，他立即与好友相约，看小院去！

那是一个春和景明的日子，当车子驶出车水马龙的闹市，狂奔在人迹罕至的荒野土路上，压抑许久的身心在这一刻得到了释放。

远远地，看见了，那是一处大约有着三亩地的小院，荒荒凉凉，四处恣意生长着高矮不一的野草。野草之间矗立的一幢红顶平房，斑驳的墙壁透露着年代的久远和无人打理的落寞。

莫名间，他心里竟涌起一种同病相怜的感觉。曾经，它肯定也被主人无比珍爱过，也曾经高朋满座、满院繁华，而今，被孤零零地遗弃在这里，它是否也如自己一样，正在饱受着"花有重开日，人无再少年"的失落？

从第一眼看到这个小院，他的目光再也无法挪开，一个念头油然而生，他要拯救这个小院！因此，并未费多少周折，他便成了这个小院新的主人。

记得幼时曾读到《周礼·春官·大司乐》，其中"孤竹之管，云和之琴瑟"之句，"云和"二字一直在他的心中徘徊不去，此时，"云和"便理所当然地成为这所小院的名号。

几棵楸树、几株海棠、几簇芍药、几丛蒲草，既有好友相赠，亦有从自家园里移来的，还有从附近农家买来的，亲自种下，不图名贵，只要小院自然就好。人过中年，看尽世间繁华，他已不会再如年少时用物质的名贵打造小院虚浮的奢华。

历经数日的劳心费力，小院终于有了他想象中的模样。

从此，他喜欢上了独处。

独处，亦清欢。

想想曾经整日辗转于推杯换盏之间，乐此不疲地赶赴一场又一场热闹与繁华，他不禁哑然失笑。坐在院落里的木桌旁，品一壶陈年生普，由浓到淡，听着耳边一串串清脆的鸟鸣，看着悄然绽放的花朵，空气中已经弥漫着夏天的气息。

"生活的诗意未必在远方，眼前所有的苟且，都可能结出丰硕喜人的果实。"不记得在什么时候，从哪里读到的这句话，此时突然从他心底冒了出来，这岂不就是自己现在生活的真实写照吗？

在鸟语花香的云和小院里，他怀着自己的欢喜心，心甘情愿付出，使小院又焕发了它蓬勃的生机，而小院也在它的清幽中，将他一颗沉寂落寞的心，重新赋予了活力，使他的生活有了新的方向。

"欢喜的心最重要，有欢喜心，则春天时能享受花红草绿，冬天时能欣赏冰雪风霜，晴天时爱晴，雨天时爱雨。"

正是拥有了这份欢喜心，让许久不见的朋友大发感叹，说他有了很多变化。他知道，是"云和"的力量让他明白，生活是为自己而存在，它和这小院一样，是朴素的、自然的，而不是在众人面前的虚伪与卖弄。

回归到最本真的自己，他全身心投入到了喜欢的事情中，这其中的妙处，旁人未可尽知，也无须尽知。

蓝天很蓝

商务车载着我和同事，飞驰在去他患病母亲居住的乡镇的路上。

习惯了每天忙碌、奔波在工作和家庭琐事中，很久都没有好好感受季节的景色了。时间飞逝，好像春天还在眼前，转眼却已到了初秋。今天这段不远也不近的路程，恰好给了我欣赏沿途风景的机会。

落下宽大的车窗，秋天的景色一览无余。不知何时起，天空一下子就明净了起来，我不由得被这蔚蓝高旷而深远的天空深深吸引，脑海中一下子就蹦出了"天高云淡"这个词！

　　四季风景，唯有初秋才让我有如此深切的感叹！车轮飞驰在树木葱郁的大路上，微凉的秋风轻抚着我的面颊，我微眯上眼睛贪婪地吮吸着……此时的空气干净清澈，夹杂着树木、野草和庄稼成熟的气息，一种在城市里从未有过的大自然的静谧之美，让我紧绷和浮躁的心渐渐松弛、安静下来。

　　到了同事家里，见到了他患病的母亲，一番亲切的问候，令老人感动得热泪盈眶！她拉着我的手，笑中带泪地说："人活一世，草木一秋，孩子们都很好，孙子也好几个了，死了也值得了。可是我不能死，我要勇敢面对，积极配合治疗，争取尽快好起来，我得让孩子们回家有个娘，我还要享享老来福呢！"

　　老人的乐观与坚强让我肃然起敬，同时让我的内心中有一种羞愧的感觉，好像不是我来看望她，倒像是她给我上了一堂"笑对人生"的课。

　　一直习惯以文字记录心情和生活，前段时间生出了开一个习作公众号的心，于是几位好友帮我酝酿名字，结果起来起去，不是名字太好，有人捷足先登，就是寓意不尽如人意。正无奈之时，好友脱口一个"蓝天很蓝"，大家一番咂摸后，最后感觉可以使用。说实话，当时我对这个名字并不是特别认可。

抬头仰望此时的天空，我忽然感觉这个名字好美！美在它的意境，美在它的内涵。人生在世难免沟沟坎坎，既然遇到了就积极面对，怨天尤人、消极颓废于事无补，就如四时变迁，境随心转，不妨看看秋天的天空吧。

蓝天很蓝，这份属于秋天特有的蓝，经过春生夏长的着色，像在秋水里洗过一样，清澈明净。世间的人们，跋涉过半生，有了阅历沉淀，把心收一收，行动上收一收，卸下负担与矫饰后，显露出生命的明亮本色，就如同这秋之蓝。

山中寻幽

时值盛夏，好友邀我去崂山转转，想想近日的燥热烦闷，我欣然应约。一个半小时的车程后，我们一行几人已置身云雾缭绕的山间。吹拂着清清爽爽的海风，漫步在青石板铺就的小路上，一边是碧海蓝天，波浪起伏烁金点点；一边是青松怪石，可见葱茏可见嶙峋，久居钢筋水泥楼房里的僵硬身体，顿感轻松。

一路走马观花，山水花木的美景尽收眼底，内心深处却总有一种空空落落、"灵魂"无处安放的感觉。细心的好友大概看出了我的失落，笑着说："山里有一间咖啡屋，可有兴趣一坐？"

山路崎岖，离市区又远，竟然会有人把咖啡屋开在这里。我不禁心生好奇，欣然响应好友的提议。

沿着海岸线开车半个多小时到达九水后，又七拐八绕地驶过几条狭窄的山间小道，我们在半山腰的一个斜坡停车。推开车门，映入眼帘的青山绿树把我惊呆了——初夏时节郁郁葱葱的树木，仿佛滴翠的碧玉铺满了整个山脊，全然不含一点儿芜杂，也不事喧闹。山路两旁是密密麻麻挂满了杏子的果树，好友介绍说是当地很有名的特产——崂山蜜杏。这红绿相间的蜜杏看上去就绵软好吃，一下子抢了我的眼球，使我垂涎欲滴。想起唐代诗人张籍的诗句"溪头一径入青崖，处处仙居隔杏花"，若早些时候来访，漫山遍野的杏花盛开时，自是另一番迷人的景象吧？

山坡的石头墙上挂着一块木板，上书"荒度"两字，乳白色的字体既显随意又别具韵味。我亦步亦趋随好友小心翼翼走上十来级陡峭的石阶，眼前呈现一派乱花迷人眼的景象。小巧的院子里，其时正开满了姿态各异的鲜花：月季花、牵牛花、剑兰，最为壮观的是开得正艳的五颜六色的绣球，红的像火、黄的赛金、白的似雪、绿的像翠玉、粉的像云霞，最奇的是白中带绿的，渐变的色调更是清幽淡雅，美不胜收！自小院向外延伸的一条小路，是粉色和香槟色的蔷薇花，手拉手搭起了拱门，绿叶映衬着红花，一路蜿蜒开放，漫步其中有花径通幽的感觉。

小院虽小，布置得却很巧妙，可谓一步一景。一张长条原木为桌，配以白色铁艺座椅，旁边一棵杏树枝干横斜，浓密的树荫恰好当了这咖啡桌的太阳伞，我们刚刚就座，店主随即贴心地奉上浓郁的咖啡。拿铁咖啡熨帖着口腹，放眼远处青绿的山峦，我顿感惬意无比。小院的墙角用石块堆砌成椭圆

水池，水池中娉婷的荷叶上水珠晶莹，水里十几尾锦鲤悠闲地游来游去。水池中央矗立着一尊西方少女雕像，少女正值妙龄，形神娇俏可爱；长满了嫩绿铜钱草的搪瓷花盆，花盆口向下倾斜，有水潺潺流出。院子里花木、桌椅、鱼池和雕像的设计搭配精巧别致，仿佛走进莫奈漫画中，随手一拍就是一幅好看的油画。

掀帘走进咖啡屋，精美的欧式吊灯暖黄色的灯光下，屋内是西式复古温馨的装饰。仔细看，每一个角落静静地摆放着的一件件家具、灯饰、瓷器、盘碟、花束都尽显别致。好友介绍说，好些老物件都是店主早年从国外淘回来的宝贝。这些老物件看似随意地摆放在屋子里的任意角落，每一件又都显示着店主的品位和格调。看得出来，店主是一个有品位的人。因此，吸引了好多年轻男女慕名而来。他们在这里品尝咖啡、甜点，享受恬静的同时，或远眺青山，或赏花拍照。

置身在美轮美奂的咖啡屋，品尝着浓郁的咖啡和美味的甜点，我便想探究店主究竟是怎样的一个人，才会藏身在这无人问津的大山里，经营着一间名字为"荒度"的咖啡屋？

小屋的吧台里，一位中年女士正微笑着招呼来客，一双巧手片刻不闲地从容制作着咖啡甜点。好友告诉我，她就是店主人。我喝着咖啡仔细端详她：年纪与我相仿，布衣素面，无任何修饰的妆容，给人一种很舒服、很亲近的感觉。因为恰逢周末，客人很多，我忍住了上前攀谈的欲望，从好友嘴里知晓了她的故事。她是东北人，之前在青岛做装修设计的工作，她敢打敢拼，一路风风火火，生意也打理得风生水起。但是多年的快节奏的生活让她身心疲惫，总有浮世飘萍的感觉。随着年龄和阅历的增长，她越来越渴望放慢脚步，去做点自己喜欢的事情，给身心找一个安放的地方。

　　也是机缘巧合，她来到了这里，经过几番考量，她决定在山里开一间咖啡屋。在山里开咖啡屋，道路曲折，离市里又远，谁会去？她的这个决定，最初得到的是反对和质疑的声音，她却非常笃定，从选址到装修改造，很快，藏在山里的"荒度咖啡屋"开业了。让大家意想不到的是，开业后咖啡屋生意火爆，随之而来的好评如潮。

　　在铺着中世纪纹饰桌布的圆桌上放着一本散文集，是滨斌的《山居岁月》。随手打开，里边的内容让我眼前一亮。正文中穿插着农耕图，一张张农耕图片，穿插一段段心情文字，记录着作者对自然田园、晴耕雨读的向往，以至于后来辞职旅居杭州，在桐庐开始了山居生活。每天日出而作、日落而息，过着砍柴烧饭、种菜插秧、养鸡喂鸭的生活。日子虽然平淡琐碎，但却让作者收获了安静和欢喜。在将理想变为现实的山居生活里，滨斌自在地过着属于自己的春夏秋冬。

山风拂过，有着好看花纹的白色纱幔在木格窗子上轻轻地飘来飘去，透过窗户望去，连绵起伏的青山清晰可见。这让我一下子想起了梭罗，前段时间我有幸去美国造访时，独自走近了瓦尔登湖畔，走进丛林里梭罗的小木屋，更有幸走近崇尚极简生活的美国作家梭罗的《瓦尔登湖》。梭罗说："我们的人生被许多无足轻重的事情耗费了，人真正需要的东西，基本上十个手指就能数得过来，顶多再加上十个脚趾，其他的都是可以丢弃的。"不要把自己累到生病，为的只是能够存下些许防病的钱财，可以花更多的时间在欣赏自然美和深思中获得生命的满足。

也许身处都市生活久了，身上有太多的负累，反倒让我们更向往简单的生活。梭罗如是，滨斌如是，"荒度咖啡屋"的主人亦如是，我又何尝不是呢?

初　秋

　　一夜大雨过后，天空澄澈如洗，偶有成群的鸟儿轻盈地飞过，微凉的风中，秋的气息渐渐浓了。

　　应高大姐之邀，和好友三人去她的葡萄园做客。葡萄园在一个乡镇下边，我们驱车在宽阔的柏油路上，车辆稀少，远远望去，好一派天高云淡的秋日景象。四季之中我最喜初秋，澄澈的天空如宝石般，仿佛被一双神奇的大手精心擦拭得一尘不染。天空也蓝得纯粹，蓝得深邃，像浩瀚无垠的海洋，目之所及，深深陶醉。

　　一路上哼唱着小曲的玉，忽然欢快地叫嚷起来："快看快看，谁家把棉被晒到了天上！"闻听此言，我和梅姐不禁哄然大笑。随着玉手指的方向抬眼望去，大朵大朵的白云悠然地飘着，在高远的天空下，可不像极了柔软干净的棉花。我们三个好一通嬉笑，而天空辽阔，棉花云似乎带了温度，让我们的心情随之轻松起来。

这个季节的田野，被大自然这神奇的画家精心描绘成一幅巨大的绚丽画卷。道路两旁是刚刚开始结穗的玉米，油绿的叶子、粗壮的玉米秆怀抱着一个个胖娃娃般的玉米，微风摇曳着它们的身姿，仿佛在自信地展示着秋的收获。

小路，蜿蜒曲折似一条灵动的丝带穿梭在田野之间，野草已微微泛黄，却依旧倔强地抓牢土地，好像不服输似的。田野间的野花星星点点，红的、紫的、黄的、白的……虽然不起眼，但也开得热烈且从容。树木开始晕染秋的色彩，树叶由葱茏渐渐变得黄绿相间，甚至披上了金黄和暖红，在阳光的照耀下如同一幅幅色彩斑斓的油画。一阵秋风拂过，偶有几片树叶飘落，轻轻地，像一只只蝴蝶在空中起舞。

果园里，红彤彤的苹果挂满枝头，犹如一个个小灯笼，黄澄澄的梨子你挤我、我挤你地长得"热热闹闹"，好像争先恐后等待果农去采摘、收获的孩童。打开车窗尽情呼吸，初秋的风轻柔而凉爽，带着秋天特有的气息，混合着泥土的芬芳，果实的香甜和草木的味道，让心在不知不觉中充实起来、明亮起来。

车子刚刚驶进葡萄园，等候在门口的高大姐就迫不及待地把我们迎进大棚。随她穿梭在鳞次栉比的葡萄架下，阵阵熟悉的玫瑰香扑鼻，藤叶间一串串紫红色的葡萄颗粒饱满、晶莹剔透，让人不禁舌底生津。高大姐性格爽朗、家境优渥，本已到了享受天伦之乐的年纪，却一心热爱种植葡萄。这几年，高大姐将全部心血都倾注在这片葡萄园里。高大姐种植的绿色无公害葡萄，全部采用大豆发酵的有机肥料，使用无药残的杀虫剂、杀菌剂，并且坚持不使用任何化学品催熟，葡萄全部为自然成熟，因此口感极佳。

我们跟随高大姐的脚步，尽情地采摘一嘟噜一嘟噜长得煞是喜人的葡萄，高大姐教我们分辨葡萄品种，介绍哪个品种更甜、更香。葡萄藤蔓缠绕，葡萄叶子密实，一串串的葡萄沉甸甸的，尽管大棚里异常闷热，可我们分享丰收果实的喜悦心情不减。

午餐，高大姐早已备好自己种的蔬菜，炖好了园子里散养的土鸡，我们三个少不得一番风卷残云。在高大姐爽朗的笑声里，我们满载而归。车子驶离葡萄园，我们决定乘兴去附近的山上转转，好好感受一下初秋的韵味。

一路说说笑笑，沿着蜿蜒的山路前行，呼吸着微风送来的泥土气息和草木清香，尽情感受秋天独有的味道。山路渐渐崎岖不平，脚下布满大小不一的石子，稍不留神就被绊一跤。我们不得不小心翼翼地前行，随着坡度越来越陡，我们三个气喘吁吁，汗水顺着脸颊滑落，湿透了衣衫，双腿像灌了铅一样沉重，每抬一步都需要使出全身的力气。我们忘记了说笑，相互搀扶着、鼓励着，努力往山顶攀登。

登上山顶，视野马上开阔起来。俯瞰山下的村庄，犹如一幅宁静的画卷在眼前缓缓展开。房屋错落有致，宛如小巧的积木搭建在大地上，其间袅袅升起的炊烟，好似轻柔的飘带在微风中舞动，给这画卷增添了一份灵动、温馨的生活气息。

山风轻轻拂过，眼底山峦起伏、树木参差，来时的路"淹没"在茂密的草木间，我们的汗水和疲惫不知何时已被山风吹散了。浸润在宁静而美好的山间美景里，让人顿感心旷神怡。

走近瓦尔登湖

在历经十四个小时的航程后，载着我们的海航HU729客机终于缓缓降落在波士顿机场，计划已久的美国之行正式开始。带着满心的期待与些许忐忑，我们兄弟姐妹四人踏出机舱，波士顿的天空瓦蓝瓦蓝的，偶尔随风飘来几片棉花一样的云朵，调皮地在太阳下跳了个自由式的舞蹈，又迅速跑开了，我的心情瞬间变得轻松愉快起来。

机场大厅里不同肤色的人来来往往，每个人脸上似乎都洋溢着真诚和笑容。我感受到空气中弥漫着一种不同于我所熟悉的活力和气息，心里莫名地涌起一股探寻欲。拖拽着一堆大大小小的行李箱，老远就望见了在机场出口焦急地等待着我们的二哥和二嫂，我一时之间忘记了13500公里长途飞行的疲惫，迫不及待地朝他们飞奔过去。

东方贺礼

参加侄女刘懿萱的大学毕业典礼，是我们此行的最主要目的。

懿萱就读于罗格斯新泽西州立大学（简称罗格斯大学，后同），二哥贴心地在大学附近早早地租好了一套独栋别墅，作为我们十几个人的临时居所。正值盛夏草木葱茏、鲜花盛开，别墅前后的院子景色宜人，偌大的后院铺满草坪，一片嫩绿之上竟然还有一架秋千。别墅里饮食起居用品、厨房设施等一应俱全。我放好行李，顾不上旅途劳累，缠着二哥开车拉着我们直奔中国超市，七手八脚购买了满满一大车食材，我们都急于自己动手，迫不及待想让阔别祖国多年的亲人尝尝家乡的味道。

我们大家一齐动手，转眼间便准备好满满一大桌中西合璧的美食，满屋飘香，水晶灯熠熠的光辉下，西式长条桌上铺着颇具异域风情的桌布，红酒、威士忌、伏特加一应俱全。二哥煎的牛排真叫一绝，外焦里嫩，让人馋涎欲滴。小侄女珍珍特地在客厅里装饰上具有中国喜庆元素的五颜六色的拉花彩条。大家共同举杯祝贺侄女懿萱，祝福她学业得成，一时之间欢声笑语、其乐融融。

饭后，我拿出特地为懿萱姐妹俩精心准备的贺礼——两个同款金镶玉平安无事牌。质地温润的和田玉代表古老的东方文化和最美好的祝愿，姐妹俩虽然从小在美国生活，但是骨子里流淌的却是中国人的血脉。两个侄女戴上后高兴地向我们每一个人展示，中国的典雅加上美国的洋气，这一番中西合璧，真的是别有一番韵味。看到侄女们喜欢，我也非常开心，趁机向她俩及在座的各位普及了一下玉文化。玉石文化是中国传统文化的重要组成部分，玉象征着纯洁、高贵和美好，古代文人雅士常用"玉"做装饰，还将高尚的道德情操寄托于玉。孔子说"君子比德于玉"，更是把君子的德行与玉文化联系在一起。"宁为玉碎"的爱国民族气节，"化干戈为玉帛"的团结友爱风尚，"润泽以温"的无私奉献品格，"瑕不掩瑜"的辩证美学，更是中华文明有别于世界其他文明的一个重要标志之一。

听完我这一番话，侄女们低头注视颈项间的美玉，不禁爱惜地抚摸着，两姐妹神情庄重，似乎明白了我的真正用意。

毕业典礼

翌日清晨洗漱完毕，我推窗一看，外面不知何时下起大雨，毕业典礼安排在罗格斯大学的露天体育场举行，下这么大雨，典礼还能顺利举行吗？

"快来快来，发雨衣了。"二嫂的叫声打断了我的思绪。

"嫂子，下这么大雨，典礼还能按时举行吗？"我不无担心地问。

"风雨无阻，一定举行！"二嫂非常肯定地说。

我们到达现场的时候，体育场里已经坐满穿着五颜六色雨衣的，从世界各地赶来庆祝自家孩子毕业的亲朋好友们，可谓人山人海。风雨中，罗格斯大学2024年毕业典礼的各项议程有条不紊地进行着，孩子们穿着红黑相间的学士服，戴着学士帽，冒着风雨依次走上偌大的典礼台，庄重地接受校长亲自颁发的毕业证书。

罗格斯大学校长霍洛威发表了热情洋溢的讲话："这届毕业生在特殊时期开始了他们的大学生涯，他们在电脑屏幕前上课，并在隔离状态下学习。现在已经过去，但我们进入了一个已经改变了的世界。"霍洛威校长引用60年前美国著名作家詹姆斯·鲍德温在《非个人》中所说的话，他告诉毕业生们："爱——可以作为一束光，指引我们走出凄凉和迷茫。这份爱不是浪漫的爱情，而是一种基于困境和承认我们共同人性的爱。

罗格斯大学即将毕业的学生们，不要隐藏你们的光芒，不要让此刻的挑战熄灭你的火焰。为彼此庆祝，为朋友庆祝，为陌生人庆

祝。你们会发现，聚在一起，你们的光会燃烧得更加明亮，照亮世界。这是你们在这里接受教育时学到的东西，我热切希望你们在走向各自的未来时能把这一课带在身边。"

特邀嘉宾——美国教育家，马里兰大学巴尔的摩分校校长弗里曼·A·赫拉博斯基，在罗格斯大学毕业典礼上的演讲使人备受鼓舞，他满怀激情地对孩子们说："关注你的想法，你的话会变成你的行动。你的行为会成为你的习惯。你的习惯形成你的性格。关注你的性格，它会决定你的命运。成为不一样的人吧，2024届的毕业生们。"

安东尼·贝洛作为优秀毕业生代表，发表了热情洋溢的真情告白，他说："在罗格斯大学的岁月教会了我要灵活变通。当意外来袭时，你必须能够适应和应对，罗格斯大学尽了最大努力向我们灌输这一点，适应性强、多才多艺是关键。"

风仍在刮，雨仍在下，整个罗格斯的体育场却沸腾起来。即将离开校门的学子们，未来的道路不一定尽是坦途，就像今天毕业典礼上的风雨一样不可预料，未来也许还会有更大的风雨，但是年轻的生命不接受风雨洗礼，又怎会迎来绚丽的彩虹？

曼哈顿记忆

参加完侄女的毕业典礼，我们稍事休整后，跟随二哥、二嫂的脚步，追溯了他们一家来美国之后的足迹。

22年前，30岁的二哥刚刚博士毕业，就在导师的引荐下来到纽约曼哈顿哥伦比亚医学院（简称哥伦比亚医学院，后同），开启了独在异国他乡打拼的生活。没有任何社会背景，没有强大的经济支撑，一个人初来乍到美国，生活艰难程度可想而知。好在二哥从小吃苦长大，硬是咬着牙熬过了那段举步维艰的日子。要想在这个人才济济的地方站稳脚跟，谈何容易？他租着廉价的小公寓，一日三餐经常是面包就水，大部分时间不分昼夜地泡在实验室里。从二哥的讲述里看得出来，二哥对哥伦比亚医学院感情深厚，所以他特意带我们来这里看一看。

两年后，二哥心里牵挂着国内的妻儿，于是把二嫂和刚满两岁的大侄女懿萱接到了曼哈顿。妻女的到来，给原本拮据的生活又增添了新的压力。二嫂身为独生女，在家时几乎没吃过什么苦，却以瘦弱的身躯开始为这个家努力地打拼。在二哥的严厉督促下，二嫂一个单词一个单词地开始学英语，半年时间硬生生地逼自己过了语言关，可以和本地人正常交流，从而很快找到了工作。

在两个人的共同努力下，日子一天天好起来的时候，小侄女珍珍来到了这个世界。说着，二哥把我们带到不远处的一个小公园里，他忽然神色酸楚地说："当年妈妈为了照顾珍珍，只身漂洋过海来到曼哈顿……难为她从来没有出过远门，也不会讲英语，因为小公园离我租住的公寓比较近，咱妈经常来这个小公园，她非常喜欢这里……"

正值五月，公园里花开得正艳，高大的树木郁郁葱葱，偶见几只小松鼠调皮地在树木间蹦来跳去。站在公园的一个制高点平台上远眺，乔治·华盛顿大桥气势恢宏，犹如一条钢铁巨龙横跨在著名的哈德逊河之上，巨大的桥塔高耸入云，坚实的钢索如同巨蟒般从塔尖向两侧延伸，牵拉起宽阔的桥身。阳光照耀下，河水波光粼粼，缓缓流淌，河面上倒映着大桥的雄姿，仿佛在静静聆听着这座城市的心跳。微风拂过，送来丝丝清凉，我闭上眼睛，深深地呼吸着空气中散发的草木味道，脑海里浮现出婆婆慈祥的面孔。

婆婆一生勤俭，孝敬老人，养育教导了四个孩子。孩子们一个个长大成人后，就像插上翅膀的鸟儿从她身边飞走了。婆婆又整日想念这个，担心那个，尤其是远隔重洋的二哥更让她放心不下，得知二嫂怀上小孙女后，她更是夜不能寐，决定来美国照顾儿媳和孙女。

重访曾经居住过的公寓楼，黑暗狭小的样子，让二哥一时潸然泪下："让咱妈跟着我住在这里受苦了。"我想象得到，身为母亲的婆婆看到儿子、儿媳的生活现状，肯定竭尽全力帮助他们，一把年纪和他们同甘共苦，在完全陌生的异国他乡也不给他们添麻烦。真的是可怜天下父母心啊！

"现在，我们的事业和生活都好起来了，可是妈妈却不在了。"二哥哽咽道。斯人已去，这座陌生的城市，曾经留下了二哥一家和婆婆在这里生活和打拼的深深印记。

波士顿公共图书馆

知道我喜欢读书，二哥特地安排我们参观美国的图书馆——波士顿公共图书馆。

波士顿公共图书馆始建于1895年，这座城市公共图书馆将文化、历史和美学完美结合。其建筑风格古典雄浑，据说设计灵感来自意大利文艺复兴和古罗马建筑。图书馆的正面宏伟壮丽，廊柱上触手可及的精美雕塑承载着丰富的历史记忆，是文化积淀的重要体现。图书馆大堂采用暖色调大理石装饰，罗马宫廷式的楼梯回旋处分别矗立着两尊石狮，增添了几分神圣和庄严。一幅幅精美的壁画、一座座形态各异的雕塑和颇具西方美感的精美的玻璃窗让人目不暇接。置身在这艺术氛围浓厚的环境里，我还未及触碰到一本书，整个人已经淹没在书的海洋里。

图书馆门前的"FREE-TO-ALL（对所有人免费）"提示人们：馆内所有图书免费借阅。波士顿公共图书馆由国家专项拨款，是美国第一个公共的市立图书馆，拥有超过一千五百万册的藏书和二十多万件音频、视频，每天有大量的爱书者在图书馆的各个区域浏览阅读。

二楼的阅览大厅是高高的拱顶，这样可以最大限度地采用自然光。橡木书架尽显尊贵典雅，一排排长方形的阅读桌上，贴心地摆放了光线柔和的绿色台灯，读者可随意使用。

面对浩如烟海的书籍，我惊喜地发现了中文书籍区域，书架上竟然有我喜欢的汪曾祺的著作《草木春秋》《人间草木》等。儿童阅览室的布置和设计更是别出心裁，可见对培养儿童读书学习兴趣的重视。想起前两天在二哥家附近散步，看到路边有一个装满了各种书籍的红色箱子，我好奇地走上前，发现这个小箱子居然没有上锁。二嫂介绍说这是"街头迷你图书馆"，在美国住宅区随处可见，这箱子里的书可以随意取阅，不收费，无须还书，大家在拿走一本书的同时也分享一本进来。小箱子像是有魔法一样，让大家爱上了看书，还让邻里关系变得更加亲近。

波士顿之所以成为美国最古老、最有文化价值的城市，也是全美居民受教育程度最高的城市，拥有举世闻名的哈佛大学和麻省理工学院，这和波士顿人爱读书有着密不可分的关系。

从地板延伸到天花板，层层叠起的书籍，散发着幽幽书墨清香，置身于这个文化和艺术的殿堂，我的内心顿时获得一份安宁恬淡。阿根廷著名作家博尔赫斯在《关于天赐的诗》中写道："天堂应该是图书馆的模样。"试想，静静地坐在其中，手指轻轻摩挲、翻动每一页书，空气流动如春风拂面，轻啜一杯咖啡，让自己沉浸在字里行间，可以在心里与自己对话，可以透过书页，倾听先贤的声音，任凭时光静默而我神思漫游。

此时此刻，我感受到一种直达心灵的美感，波士顿公共图书馆不愧为顶级书籍的殿堂，它丰富的藏书成为一代又一代人的精神引领。

尼亚加拉大瀑布

来美国之前，我专门做了旅游攻略，位于加拿大安大略省和美国纽约州交界处的尼亚加拉大瀑布，是世界著名的自然景观之一，我非常向往。因为路途遥远，二哥特地调整行程，驱车将近十个小时把我们带到了尼亚加拉大瀑布。

站在尼亚加拉大瀑布观景台上抬眼望去，从高处倾泻而下的巨大水流犹如万马奔腾，磅礴的气势瞬间将我征服，水流激起的层层水雾在阳光的映照下幻化出绚丽的彩虹。

尼亚加拉大瀑布宽阔得如同一幅巨大的白色幕布悬挂在

天地之间，"马蹄瀑布"是核心景观，水流汹涌澎湃，巨大的冲击力激起的水雾弥漫在空中，如同一匹匹脱缰的野马，以不可阻挡之势咆哮而来，震耳欲聋的水声仿佛天边滚过的闷雷。

"美国瀑布"和"新娘面纱瀑布"如优雅的女子，身姿绰约，轻盈柔美，水流亦如丝般滑落，宛如新娘的面纱，处处尽显柔美与婉约。没有拒人千里之外的气势，站在旁边可以感受到瀑布激起的清凉水汽拂面，仿佛所有的烦恼都被这大自然的洗礼冲刷殆尽。

二哥提议我们坐船下去近距离感受尼亚加拉大瀑布，这正合我意，听到二哥的提议我立刻响应，赶忙拉着兄弟姐妹穿好雨衣排队上船。

成群结队的海鸥欢快地叫着，忽高忽低地在瀑布上空盘旋飞翔，微风轻拂，送来丝丝凉意，游船在平静的水面上滑行。随着游船渐行渐近，轰鸣声越来越大，仿佛整个世界都被这巨大的声音填满。

随着游船缓缓驶进尼亚加拉大瀑布，我们仿佛一头扎进了大自然的狂风暴雨之中，震耳欲聋的轰鸣声如雷霆万钧般在耳畔炸响，不间断的"轰隆隆、轰隆隆"的巨响仿佛要将我的"灵魂"震出身体之外。巨大的水流以排山倒海之势从高处倾泻而下，如同一堵纵有千军万马也无法撼动的水墙！我们乘坐的游船在汹涌的水流中剧烈摇晃，水花如暴雨般疯狂地砸向游船、砸向我们，夹杂着"噼里啪啦"的声响，似乎要将游船掀向天空或砸向地心，我们紧紧抓住船栏，脸上写满惊恐和震撼。我的视线完全被白茫茫的水雾遮蔽，仿佛置身于混沌未开的世界。

我的眼睛被强烈的水珠不断击打着，根本睁不开，心里只有无以名状的恐惧和无奈，这时幸亏身材高大的丈夫从身后紧紧抱住我，不然纤瘦如我就这样站在船头，非被这"狂风暴雨"卷走不可。从磅礴的水流、震天的声响和肆虐的狂风中穿行，每一秒钟仿佛都是一场生死考验，心脏在胸腔中疯狂跳动，仿佛随时都有可能跳出嗓子眼。这惊心动魄的时刻，让我们真真切切地感受到了大自然震撼人心的无穷魅力，以及人类在大自然面前的渺小和脆弱！

游船在咆哮的瀑布中挣扎着前行，我们每个人都经历了一场勇敢的冒险，尽管身心被恐惧笼罩着，但是身临其境领略了尼亚加拉大瀑布的壮美，也经历了一次《泰坦尼克号》

的旅行，"灵魂"仿佛被无限荡涤继而升华，对大自然的敬
畏也油然而生。当游船缓缓驶离，我们挥手和尼亚加拉大瀑
布依依不舍地告别，我回头看去，再次深深地惊叹大自然的
鬼斧神工。

瓦尔登湖

我喜欢读梭罗的《瓦尔登湖》，因此对瓦尔登湖和梭罗
的小木屋神往已久。来到美国，自然不能放过这个走近梭罗
的好机会。

穿过美国马萨诸塞州康科德市的茂密树林，走近瓦尔登
湖畔时，只见一间古老朴素的木屋孤寂地立在那里，这个令
世界各地文学爱好者神往的小木屋，此时此刻仿佛一个饱经
沧桑、沉默不语的老人。

站在木屋门口，我努力地探寻着，拼命想从中寻找曾
写下对19世纪文学影响深远的伟大作品的美国作家梭罗的影
子。木屋特别狭小，面积大概有十平方米，屋里陈设极其简
单，只有一张床、一张桌子和一把椅子。我实在无法想象

178年前，年仅28岁的青年梭罗在这样简陋的条件下，是怎样独自度过两年多的时间并创作出如此伟大的作品来的。

"每一个人都应该过自己的生活。"物质并不能带来自由，只有达到心灵上的自由，才能换来真正的自由。遥想崇尚极简自由生活的梭罗，放弃城市的文明和繁华，也挣脱喧嚣和钢筋水泥的樊笼，最终来到瓦尔登湖。

1845年，哈佛大学高才生梭罗毕业多年后来到瓦尔登湖畔，开始了密林隐居生活。他拿着一把斧头作为建造工具，砍伐松木，为自己打造了一间小巧实用的木屋。平时他亲自耕种，用收获的粮食自给自足，喝水则汲取瓦尔登湖的湖水。大部分闲暇时间，他会来到湖畔，感受着澄澈犹如明镜般的瓦尔登湖，感受着从瓦尔登湖面吹来的微风；傍晚时分他会来到船上，吹奏起悠扬的笛声；或在湖畔无忧无虑地垂钓、看书。他观察、倾听、沉思、感受、记录着瓦尔登湖的春夏秋冬和雨雪阴晴，瓦尔登湖就像他的亲密伙伴与爱人，伴随着他度过了每一个清晨与黄昏。

我穿过丛林，来到瓦尔登湖畔时，顿时有一种格外静谧的感觉。天空倒映在湖水中，湖水映衬着天空，天水相接浑然一色，透亮的蓝绿色呈现出宛若宝石的晶莹剔透。湖边三三两两成群结队的人们，或悠闲地坐在湖边，或晒着太阳密切交谈，或捧着书籍忘我阅读。梭罗说："瓦尔登湖是森林的一面十全十美的明镜，它四面用石子镶边，我看它们是珍贵而稀世的。再没有什么像这一个躺卧在大地表面的湖沼这样美，这样纯洁，同时又这样大。"

如今瓦尔登湖畔的小木屋，是在追随者的强烈意愿下复制、重建起来的。门前空地上，梭罗手捧落雪，似乎陷入沉思。现在的瓦尔登湖热闹喧嚣，来此游览的人们，多数是因为梭罗的伟大作品《瓦尔登湖》。或许，每个人心中都有过极简生活的梦想，伴着一泓湖水及湖面上吹来的清凉的微风，让疲惫的身心得以安放。但最终，只是把瓦尔登湖和梭罗的小木屋当成了心中的朝圣地。

聚散有时

为了让我们更好地了解美国，二哥特地请了年假陪我们自驾游。美国旅游，东部看人文，西部看风景。美国东海岸城市林立，包含了近20个州及华盛顿特区，是美国政治、经济、文化发展的活化石。其中以波士顿、纽约、费城、华盛顿四大城市景观为主，人文历史类博物馆与纪念地为辅。这里不但是政治、经济、金融的心脏，还拥有哈佛大学、麻省理工学院和普林斯顿大学等世界顶尖名校。

走在被誉为"世界之都"的纽约市，繁华的街道、高耸入云的摩天大楼和熙熙攘攘的人群震撼了我。纽约繁华且喧嚣，号称"不夜城"，时代广场霓虹灯光芒四射，四周巨大的电子屏幕滚动播放着广告、新闻和娱乐节目，让人仿佛置身于一个永不落幕的舞台。沿着第五大道漫步，一家家世界顶级品牌商店林立，着实让我感受到了时尚与奢华的魅力。象征着自由和民主的自由女神，高举火炬屹立在自由岛上。漫步在中央公园，阳光透过树叶洒下斑驳的光影，静谧与繁华在此交织。街头艺人随兴表演着，或激情四溢地舞蹈，或悠扬动听地歌唱，为这座城市增添了无尽的活力与浪漫。

站在林肯纪念堂前，望着庄严肃穆的雕像，我仿佛听到林肯总统为平等和自由发出的激昂呐喊。

波士顿的教育学术氛围浓厚，被誉为"美国最具学术气息的城市"。哈佛大学校园里，古老的建筑诉说着岁月的故事，莘莘学子怀揣着青春梦想，在知识的殿堂里探索前行。除了哈佛大学，麻省理工学院也是波士顿第一梯队的大学，另外波士顿学院和波士顿大学、伯克利音乐学院也历史悠久，在世界上享有极高的声誉。在波士顿众多的博物馆和历史古迹中漫步，不知不觉中增添了几分书卷气息和沉稳安宁。

在游览美国东部的途中，我们品尝了具有美国特色的各种美食——纽约的比萨和热狗，波士顿的牛排和龙虾，每一道美食都让我们的味蕾沉浸在幸福中。更多时候，每晚在波士顿家中，我们油炸一盘花生米，切上一盘咸鸭蛋，再来上一碟榨菜丝，兄弟姐妹六人喝着二哥亲自调的鸡尾酒，天马行空地聊着天，常常是不知不觉喝到微醺，夜深了我们依然不舍温馨惬意的场景。

十几天里，我们日夜兼程，行程3000多公里，途经10多个州。兄弟姐妹同坐在一辆车上，行驶在美国宽阔的高速路上，来往车辆很少，我们时而开窗欣赏着道路两旁一望无际的绿野，时而热烈讨论着飞驰而过的各国名车，感觉司机疲惫了，我们就替换着开车，二哥播放起多年来一直萦绕在脑海、难以忘怀的中国经典老歌，大家陶醉在久违的旋律中。我们不由自主地从轻声跟唱，再到大声合唱，每每唱到与此刻的情景产生"碰撞"的老歌时，泪水就会不自觉地溢满眼眶。

从新泽西去华盛顿的那个夜晚，为了节约时间，我们连夜赶路，在漆黑的夜晚里驱车跑了七八个小时，凌晨三点才到达美国白宫附近，大家一致阻止了二哥要订酒店的想法，相互依偎着在车上休息了三四个小时，亲密无间的样子，让我不由得想起小时候大家挤在一张大炕上睡觉的情景，幸福的感觉溢满了身心。

在美国的十七个日夜，我们走马观花游览了美国东部大部分城市和景点。这十七个日夜，是我们兄弟姐妹多年以来难得的相聚与朝夕相处。虽远隔重洋，但我们都相信手足之情，血浓于水。

悠悠茂腔情

周末，我回昌城老家为大爷祝寿。

车子一拐进村口，就听见不远处传来热闹的锣鼓声，伴随着"咿咿呀呀"熟悉的唱腔。车子刚一停下，大爷已经站在门口迎接，我赶紧下车上前问候，眼睛却不由自主地瞥向旁边十分热闹的文化广场。大爷好像看出了我的心思，笑着说快去看看吧，我们村才建成的百姓大舞台，正在上演茂腔《罗衫记》。

听到茂腔这两个字我就感到十分亲切，可以说我对"茂腔"这个地方戏种有着一种深厚的情感，而这份情感源于童年记忆，源自难以割舍的故乡情！

我爷爷从小喜爱茂腔，长大后和村里的一帮"文艺青年"自发成立了一个茂腔小剧团，排练场地就设在我爷爷家里。爷爷不但组织排练，还负责剧团的调腔、对词。这个小剧团白天种地，夜里排戏，自编自导自演了几十部茂腔曲目。每排完一出新剧，他们就赶着马车在四邻八乡巡回演出。那时候演出是纯义务，没有一分钱报酬，演到哪个乡，哪个乡管顿粗茶淡饭。小剧团的演员们倒也乐此不疲，演得很卖力。现在想来，那个年代物质和精神生活都是极度匮乏，多亏有了这茂腔戏，让父老乡亲们在面朝黄土背朝天的辛勤劳作之余，享受到了精神的愉悦！我记得爷爷年迈时，最惬意的事情就是泡上一壶茉莉花茶，手里捧着"半导体"半躺在竹椅上闭着眼睛、摇晃着脑袋听茂腔。

直到现在，昌城街的人常常会这样说：昌城刘家是昌城茂腔戏的"头牌"。父亲在参军之前，是公社和村里的文艺骨干，茂腔、京剧都会唱。到了部队之后，他的文艺才干得到进步和提高。他组织连队战士利用业余时间学唱歌和排练样板戏，在全团组织的文艺会演中多次获得大奖。1972年，身在军营、多才多艺的父亲被调入文艺宣传队，他经常深入连队，发掘部队的突出事迹和先进人物，自编自演成快板书。父亲编写的"我们的汽车连""战争之神"等快板书，在全师文艺会演中分别获得了一等奖及优秀奖。

我家三叔最帅气，当时是一名乡村教师，但是只要剧团有需要，他就积极参加剧团的演出。1975年，三叔参加了诸城县（1987年撤县设市）业余剧团会演并荣获一等奖。三婶也是教师，但是与三叔结缘却是因为戏曲。三婶1979年加入剧团并且成了剧团的名角儿。2003年三婶从单位退休后，又参加了诸城市职工茂腔剧团，在市级主管部门的组织安排下到各乡镇社区巡回演出，她那字正腔圆的唱腔深受广大听众的喜爱。

特别值得一提的是我小叔，他自小受戏曲的熏陶，成了剧团的一名琴师，把当时剧团里的当家花旦娶回家做了媳妇，夫妻俩你在台上演唱、我在台下伴奏，真可谓是琴瑟和鸣、鹣鲽情深。

如今，我的小叔也已年近古稀了，但他依然怀揣着对乡村文化振兴的梦想，回到昌城老家，自费组建了今天的"武英茂腔剧团"，他克服重重困难，一一找回了当年剧团里的主要演员，并用"三顾茅庐"的真诚打动了诸城茂腔界的名角，将其聘请到剧团担任主角兼顾问。

"遇见"苏东坡

世间所有的相遇，都离不开一个"缘"字。

1992年秋天，刚从学校毕业的我，被推荐进了本市最有名的百盛商场。与现在的规模相比，当时的百盛商场只是一个2000平方米的综合性商场。不过它却是小而精致的：绚烂夺目的灯光，琳琅满目的商品，干净整洁的环境，高雅大气的装修，每一处都让人流连忘返。

一天，主任派我去公司二楼办公室取东西，我沿着商场东边的步行楼梯拾级而上，突然被墙上的巨幅壁画吸引住了。

在明亮柔和的灯光映衬下，画中仙鹤引吭飞舞于祥云间；宽袍长袖的诗人高举酒杯邀月，尽显潇洒旷达；仕女们衣着华美，翩翩起舞于朦胧夜色中……恍惚间仿佛穿越了时空。我定睛仔细看去，原来这是一幅以《苏东坡在密州》为主题的大型古风壁画。画家以苏轼在密州任知州时创作的三首脍炙人口的诗词为主题，惟妙惟肖地描摹出了诗人心目中的密州胜境。

顺着楼梯依次向上，首先描绘的是苏轼于丙辰中秋夜在超然台上通宵畅饮的情景。诗人大醉之后诗兴大发，超然台上凭栏举杯，对着天空中皎洁的明月，写下了那阕千古绝唱《水调歌头》："明月几时有？把酒问青天。不知天上宫阙，今夕是何年？……人有悲欢离合，月有阴晴圆缺，此事古难全。但愿人长久，千里共婵娟。"此时的苏轼与在济南任职的弟弟苏辙已经有七年未见，借由明月的阴晴圆缺和杯中的美酒，淋漓尽致地表达了词人仕途失意时旷达超脱的胸怀，对远在济南的弟弟浓浓的思念之情及美好祝愿。

接下来描画的是被誉为"最美清明词"的《望江南·超然台作》中的情景：一座古老幽静的超然台位于画面中央，苏轼和打伞的童子立于超然台的西南角，眺望着远方。周围杨柳依依、花簇艳艳、春燕环绕，好一派烟雨春色，"半壕春水一城花"的意境跃然而出。词人一身傲骨挺立，虽身处逆境，依然胸怀家国、奋发向上，豁达超然的人生态度仿佛跳出画面。

壁画第三段描绘的是《江城子·密州出猎》，酒至酣处的诗人，呼朋引伴策马至常山，手挽雕弓如满月，"西北望，射天狼"。周围松涛阵阵，群山起伏，诗人胸中山河壮阔。右侧狂奔的猎犬，天空翱翔的苍鹰紧扣词意，与千骑卷平冈的狩猎气势，烘托着词人渴望报效国家的豪情！

浏览完整幅壁画，我的心情久久不能平静！这么多年来，在我的内心深处一直住着一个苏东坡！无论身处顺境逆境，苏公尽显才华横溢、豁达乐观，让我对他无比崇拜和向往。可是对苏公的了解，迄今为止仅限于书本上。此时此刻，通过画家生动的画笔，让我第一次"遇见"了具象的苏东坡，也真正开启了与苏东坡的不解之缘。

作为全市商业的排头兵，百盛商场从创立那一天起，就对员工素质的要求很高，不但要具有过硬的服务意识，还要有一定的文化素养。这让初入职场的我，感到"压力山大"。特别是专业素养、待人接物和为人处事等必须做到稳妥得体，这让涉世不深的我一度处于迷茫和困惑中。

记得刚上岗不久，我接待了一个看似很有经济实力说话却很尖刻的顾客，他相中了一只刚上柜的新款雷达手表。在买这只手表的过程中，他的问题就好似"十万个为什么"。

"首次佩戴之前要先上发条吗？"

"一天要佩戴多少个小时才能保持正常运行？"

"手表的防震防磁是防哪些？"

我这个从业不久的新人，在他咄咄逼人的问题面前显得那么的力不从心和语无伦次。面对我的支支吾吾和答非所问，他非常不满，直截了当地对我说："小姑娘，建议你换份工作，这份工作不适合你！"那一刻，一向骄傲自信的我，真正感受到了什么叫"无地自容"，想撂挑子不干了。懊恼之气涌上心头，辞职去！我拔腿就往楼上办公室走。

路上正好路过楼梯上的苏东坡壁画，我竟然不由自主地停下了脚步。站在这幅壁画前，凝视着画中意气风发的苏东坡，误解、屈辱、莫须有和贬谪流放，可是他对人生和信念，却又是那样的超然。想到这里，我沮丧懊恼的心情慢慢平静了下来。

几年后，努力上进的我得到了公司领导的提拔重用。可就在我意气风发全身心投入工作的时候，一个晴天霹雳般的噩耗降临在我面前，我的坚强后盾——疼我爱我的父亲得了癌症。怎么办？怎么办？这个沉重的打击和残酷的现实让我陷入了无法自拔的痛苦中。

无助的我鬼使神差般地再一次走到了壁画前，面对画中笑吟吟的苏东坡，我的内心如潮水般翻滚不已。细数苏东坡几十年的人生，几起几落、风风雨雨、失意坎坷，可是不论生活给予了苏轼什么，他总是以一颗豁达的心接受，他对生活依然充满热爱。贬到黄州，艰苦的日子里带领家人、仆从开荒种地，过上有酒有肉赛神仙的日子；贬到惠州，且食荔枝鲜果度日不觉艰难；贬到儋州，教书育人造福一方百姓。苏东坡的生活几度陷入艰难困苦，但他依然超脱处世、快乐生活。他把失意化作诗意，将禅心融入日常，他在跟我们同样的人生长度里，活出了比我们更宽广的人生尺度。

看着楼梯上来来往往的顾客，我顿感豁然开朗。人生既有风雨，又有彩虹。就如苏东坡，他生命里的"彩虹"是光华璀璨、绚丽多姿的，然而这"彩虹"却是交织在他那变化无常、风波不断的烟雨人生里，也许我们每一个人，都会在不同的境遇里"遇见"苏东坡。而我与苏公的"遇见"，不仅是在《苏东坡在密州》的画卷里，而且在实实在在的现实生活中。

从春天出发（代跋）

我喜欢春天，喜欢东风吹来、大地苏醒、百花次第盛开的样子。我的心也如同春日繁花，层层叠叠、欲与绽放。

春天，不仅仅是一个季节，更是一种心境。在这个充满希望和生机的季节里，我看到生命的坚韧与美好，感受到人性的温暖与善良。小时候，我母亲常说："好记性不如烂笔头。"我的理解是：把经历过的事情变成文字，如春雨滋润大地，孕育出生命，便留下了痕迹。散碎的记忆，因为文字的连接，仿佛一串串音符，交织成了生命的乐章。很多珍贵的记忆，随着时间的流逝，渐渐淡漠以至于遗忘，却能从文字的记录中找到踪迹。这也是我出版《春见》这本散文集的意义所在。

《春见》是我向春天呈上的一份献礼，是我五十年人生历程的散碎记录。每一篇文章都是我对岁月的一次致敬，也是我对生命的一次思考。在书写过程中，我仿佛一次次踏入春天的神秘花园，我在这个花园中摘下的一朵花，或是一片嫩绿的叶子，都承载着我对春天的独特感受和深深眷恋。我曾在清晨的第一缕阳光中，感受春天的清新与宁静；曾在傍晚的余晖里，品味春天的美好与浪漫。《春见》承载着我对生活的洞察和对文字的热爱，它像一颗种子，在岁月的土壤中孕育、生长，终于破土而出，羞答答地与大家见面了。

我感恩生活，它赋予我无尽的素材与灵感。那些平凡却美好的瞬间，那些鲜活且独特的人和事，那些欢笑与泪水交织的时刻，都化作我创作的源泉。我由衷地感谢每一位老师和文友，是你们的鼓励和支持，赋予我笔下的文字更深刻的意义。

虽然《春见》这本集子，无论结构还是语言，都有很多欠缺，但它是我在文学道路上迈出的第一步，是一块实现自我磨砺的基石，也是我在文学道路上不断前进的见证。我将一如既往地坚持用文字去记录生活，去发现美和爱。

最后，我要感谢这个美好的春天，感谢它给我带来的灵感和感动。也感谢每一位读者的陪伴和支持，让我在创作的道路上不再孤单。愿我们都能在春天的阳光下，收获属于自己的幸福和快乐。

刘　霞

2024年12月